JAROMIR KONECNY

dp

DOKTOR SPIELE

ROMAN

Erstausgabe Juli 2018

Made in Stuttgart with ♥

ISBN 978-3-96087-424-9
E-Book-ISBN 978-3-96087-354-9
Umschlaggestaltung: Miss Ly Design
Unter Verwendung von Abbildungen von
© Sergey Mironov/shutterstock.com
© Misunseo/shutterstock.com
Lektorat: Susanne Stark
Korrektorat: Susanne Meier
Satz: Vera Krimmer

Dies ist eine überarbeitete Neuausgabe des bereits 2009 bei cbt Verlag, München, erschienenen Titels *Doktorspiele* (ISBN: 978-3-57016-022-0) von Jaromir Konecny.

Über den Autor

Seit Jahren begeistert der in Prag geborene und promovierte Naturwissenschaftler Jaromir Konecny das Publikum bei Poetry-Slams sowie auf Kabarett- und Lesebühnen aller Art. Jaromir Konecny, der 1982 in die Bundesrepublik übergesiedelt ist, hat über 100 Poetry Slams gewonnen und wurde zweimal Vizemeister der deutschsprachigen Poetry-Slam-Meister-schaften. Sein Werk *Doktorspiele* wurde verfilmt und lief 2014 erfolgreich in den deutschen Kinos.

für JoanMarie

Für die Jungs, damit sie alles geben,
und für die Mädels, damit sie ihren Spaß dabei haben.

„Reden wir ruhig Klartext: Halbwüchsige Jungen beschäftigen sich vielfach ausschließlich mit sexuellen Fantasien, den Körperteilen der Mädchen oder dem Bedürfnis zu masturbieren. Mit Erwachsenen reden sie so ungern, weil sie die irrige Vorstellung haben, die Älteren könnten zwischen ihren Worten oder in ihren Gesichtern lesen und wüssten dann, dass sie das Thema Sex in Geist, Körper und Seele völlig beherrscht. ... Der Auslöser des sexuellen Verlangens ist bei beiden Geschlechtern das Testosteron, eine chemische Substanz von der Gruppe der Androgene. ... Obwohl das Testosteron sowohl bei Mädchen als auch bei Jungen für einen starken Anstieg des sexuellen Interesses sorgt, bestehen im Hinblick auf Libido und Sexualverhalten deutliche Unterschiede. ... Der Testosteronspiegel steigt bei einem Mädchen vom achten bis zum vierzehnten Lebensjahr um das Fünffache an. Der Testosteronspiegel von Jungen erhöht sich vom neunten bis zum fünfzehnten Lebensjahr um den Faktor 25. Mit einer derartigen Menge von sexuellem Raketentreibstoff haben halbwüchsige Jungen im Durchschnitt einen dreimal stärkeren Sexualtrieb als gleichaltrige Mädchen, und dieser Unterschied bleibt während des ganzen Lebens bestehen."

Louann Brizendine, ***Das weibliche Gehirn***

Die Pimmelparade

Der Schnee lag auf den Schwarzwaldhügeln wie ein großer Doktorkittel. Anfang März und höchste Zeit, den weißen Rock auszuziehen.

„Zieh das Höschen aus!", sagte Tim.

„Na, gut!", sagte Lilli, hob ihren Bauch hoch, als baute sie eine Brücke, und zog sich das Höschen runter. Wir schoben ihre Beine auseinander und guckten uns ihr Ding aus der Nähe an. Sah saukomisch aus.

„Und jetzt du!", sagte Lilli.

„Ich bin der Doktor!", sagte Tim.

Lilli guckte mich an. „Ich auch", sagte ich.

„Der Doktor kann auch krank sein!"

„Das stimmt", sagte Tim und schlüpfte aus seiner Pyjamahose.

„Nicht du!", sagte Lilli zu ihm. „Dich kenne ich schon." Sie zeigte mit dem Finger auf mich. „Der andere Doktor!"

„Ich bin ganz gesund!", rief ich.

Tim schüttelte den Kopf: „Alle müssen es zeigen!"

Ich holte mein Ding raus. Lilli beglotzte ein Weilchen meine sechsjährige Nudel und seufzte dann. „Sind die alle so klein?“

„Die wachsen noch!“, sagte ich.

„Bestimmt!“, sagte Tim.

„Glaube ich nicht!“, sagte Lilli.

Die Holztreppe knarrte. Lilli schnappte sich ihre Daunendecke vom Boden und deckte sich zu. Tim und ich sprangen in unsere Betten.

Die Tür unseres Dachbodenzimmers flog auf. „Genug des Faulenzens, ihr Schlafmützen!“, rief Lillis und Tims Mutter Diana. „Ihr solltet langsam mal wieder herunterkommen.“ Sie trippelte nach unten zu Oma und dem Rest der Familie. Wir schlüpften in unsere Klamotten und jagten ihr nach.

Das Wochenende bei Oma verglomm wie eine Wunderkerze. Schon verbrannten wir uns die Finger daran. Der Sonntag. Am Abend würden wir wieder nach Hause fahren. Meine Eltern, meine drei Schwestern und ich nach München, Lilli und Tim mit ihren Eltern nach Kiel. Und am Montag wieder in die Schule.

Schade. Noch hatte ich Lilli meine großen Ausstellungsstücke nicht gezeigt – das Museum hinten auf dem Dachboden. Früher war hier ein Gasthaus gewesen, und Oma schmiss nie was weg. Mein bestes Exponat war ein uralter Nachttopf, in den Goethe geschissen haben soll, als er mal durch den Schwarzwald gewandert war.

Neben der Kackschüssel des Wanderers Goethe stellte ich eine große Tonfigur des Heiligen Jakob auf, weil Oma meinte, der Heilige Jakob sei der Patron der Wanderer. Daneben alte Glasnegativaufnahmen. Die hatte ich auf dem Dachboden unter alten Zeitschriften mit Hitlerfotos vergraben gefunden: eine nackte Frau, leider ganz schwarz – sie war ja ein Negativ. Kann aber sein, dass sie gar nicht nackt war. Sonst hätte das Negativ in Omas Giftschrank gelegen, wo Oma viele krasse Sachen vor mir versteckte.

Aber darüber möchte ich mich jetzt nicht näher auslassen. Damit ihr nicht denkt, meine Oma sei ein Luder gewesen oder ein alter Nazi oder so was.

Auch ein paar Holzbilder mit saufenden Schwaben darauf gab's in meinem Museum. Auf einem hob ein Mann in einem Jägerhut ein Schnapsglas hoch und sagte:

„Wo's Saufa a Ehr,
isch's Kotza koi Schand!"

Lilli wäre von meinem Museum sicher beeindruckt gewesen. Sie schien sich ja sehr für Wissenschaften zu interessieren. Nur leider mussten wir jetzt wieder nach Hause. Dort wollte ich nach dem Mittagessen nie ins Bett gehen. Hier im Schwarzwald bei Oma hat mir das Mittagsschläfchen aber echt Spaß gemacht!

Einen Monat später hatten die Doktoren im Schwarzwald bei uns für immer ausgespielt: Ein Blutgerinnsel aus Omas Krampfadern ist bis zu ihrem Herzen gewandert. Oma konnte immer schlechter atmen.

„Halsentzündung!", befand der Doktor und wollte das tödliche Blutgerinnsel mit Hustensaft bekämpfen.

Bei Omas Begräbnis kam die Familie zum letzten Mal zusammen. Nur ich fehlte. Mich hatte für zwei Wochen eine echte Halsentzündung hingestreckt. So habe ich seit unserer Pimmelparade meine entfernte

Cousine Lilli und ihren Bruder Tim nicht mehr gesehen – ganze zehn Jahre lang.

Jetzt bin ich sechzehn

Hin und wieder fragte ich meine Mutter nach Tim – klar fragte ich damit eigentlich nach Lilli. Mit Tim, dem Pfadfinder, habe ich mich nie sonderlich gut verstanden. Doch Mutter sagte immer wieder dasselbe: „Diana ist nur eine entfernte Cousine von mir! Von dir noch entfernter. Sie wohnen zu weit weg."

Blödsinn! Kiel liegt ja nicht auf dem Mond. Der Rest der Familie will mit uns einfach nichts mehr zu tun haben. Weil Mama spinnt! Omas Tod hat bei ihr die Hirnwindungen verknotet. Im Traum war ihr Omas Geist erschienen und hatte ihr gesagt, dass Mutter eine Heilerin sei – 'ne Hexe!

„Wenn ich über meine Kräfte Bescheid gewusst hätte", jammerte Mutter damals, „hätte ich meine Mama retten können."

Ein klarer Fall! Was soll Lillis Vater als berühmter Hirnchirurg mit einer Hexe anfangen? Die zu allem Überfluss studierte Mediziner als Scharlatane und Quacksalber abfertigt?

Erst vor zwei Jahren hat Mutter ihren Hexenbesen an die Wand gehängt und sich als Naturheilpraktikerin getarnt. „Ich habe mich weiterentwickelt!", sagt sie.

Das stimmt. Gerade fährt sie auf Engel ab. Sieht die Viecher überall. Das ist bei uns in München aber nichts Ungewöhnliches. In Bayern sind Engel voll im Trend. Wir sind halt etwas föhngeschädigt. Wenn uns der warme Wind aus Italien zuföhnt und die Berge uns bis ins Wohnzimmer glotzen, spinnen wir alle.

Einmal ist ein Typ ist beim Föhn nackt aus einem Fenster gesprungen. Hat auch gedacht, dass er ein Engel sei, sich aber geirrt: Statt gen Himmel ist er auf die Schnauze geflogen und hat sich dabei zwei Rippen gebrochen. Das hat mein Freund Harry in der Zeitung gelesen.

„Er hätte sich nicht ausziehen müssen", sagte Harry damals. „Engel im Himmel haben keine Pimmel! Engel haben Mösen! Und Möpse!"

„Oder gar nichts!", sagte ich.

„Das ist dann aber nicht der Himmel!", sagte Harry. „Das ist die Hölle!"

Mama hat bei uns, im Osten von München, eine Menge Bewunderer, vor allem Bewunderinnen. Schreibt sogar an einem Buch: „Leih dir die Flügel deines Schutzengels".

Nur unser Vater glaubt nicht an Engel und Mamas anderes Esozeug, aber er legt sich mit ihr nie an.

Vater verdient kein Geld und ist somit ein Waschlappen! Außerdem ist er Gitarrist und Sänger, aber zu Hause gibt's für ihn nicht viel zu singen, zu Hause muss er das Maul halten.

Meine achtzehnjährige Schwester Christine will nur eins – heiraten und aus diesem Irrenhaus hier verschwinden. Wie's unsere älteren Schwestern Danna und Mo schon hingekriegt haben.

Trotzdem lieben wir uns alle. Obwohl ... Mama spielt mit unserem Vater schon seit Langem kein Bussi-Bussi mehr, aber er stellt sich bei Frauen auch echt blöd an. Wie die letzte Lusche. Will nur ehrlich sein und zeigt der ganzen Welt damit, wie wenig Ahnung er hat.

Meine Mutter will keinen ehrlichen, unwissenden Mann haben, sie will einen Mann haben, der alles weiß! So wie dieser Scheißvampir ... Eeh ... Verdammt! Da hab ich was zu früh verraten! Den Vampir darf ich noch nicht bringen, der ist erst später in der Geschichte dran.

Ach, egal! Zumindest habt ihr jetzt eine ungefähre Ahnung davon, was für ein Chaos hier herrscht. Also: Weil mein Vater von nichts 'ne Ahnung hat, muss meine Mutter immer ihren Schutzengel fragen, wenn sie was wissen will.

Und ich? Ich sehne mich nach den guten alten Zeiten – als Mama noch nicht an Engel und Geister glaubte und Papa Geld verdiente und sich hin und wieder seinen Stoff kaufen durfte, uralte Bücher, von denen sein Zimmer aus allen Nähten platzt und im Keller einige hundert Bananenkisten voll gestapelt sind. Nach etwas Handfestem sehne ich mich, nach Lillis Möse und so – sie ist jetzt ja auch sechzehn. So wie ich.

Quatsch! Klar denke ich nicht an Lilli. Ich denke an Katja aus unserer Parallelklasse, der 10b. Schon seit einem halben Jahr denke ich an sie, seit dem Winter.

Damals fror ich mir an der Busstation vor den Perlacher Einkaufspassagen, dem PEP, einen ab. Hatte kurz davor gebadet, und mein nasses Haar war zu einer Eismütze gefroren – hätte mir gar kein Gel ins Haar schmieren müssen.

Eine normale Mütze trage ich nicht, weil ich blöd bin, wie Mutter sagt. Wozu auch eine Mütze? Die macht dir nur die Frisur kaputt. Und ich wollte zu einer Party.

Saukalt war's! Wann würde der blöde Bus kommen, verdammt? Auf der anderen Seite der Stationsinsel hielt ein 55-er an. Im Bus hockte Katja aus der 10b und machte das Busfenster schön – mit einer Eisblume!

Eine Strähne ihres blonden Haars fiel ihr vor die Augen. Sie schob das Kinn ganz nach vorne, stülpte die untere Lippe heraus und versuchte, die Haarsträhne so von unten mit dem Mund wegzublasen. Dann guckte sie weiter vor sich hin, kein einziges Mal schaute sie zu mir hinaus, nur vor sich hin guckte sie – so wie ich es auch manchmal mache.

Echt! Manchmal find ich keinen einzigen Gedanken im Hirn, und so glotz ich halt nur vor mich hin. Das wird bei Katja nicht viel anders sein. Sie ist sechzehn wie ich und spielt Volleyball – sie muss nicht viel denken.

Wie sie also vor sich hin glotzte, hob sie ihren Zeigefinger und bohrte sich damit in der Nase, als wäre sie auf Schatzsuche. Das haute mich echt um. Hab mich in sie sofort verknallt. Keiner kann sich so schön in der Nase bohren wie Katja! Bin ich etwa pervers?

Neue Medizin

Ich klimperte etwas auf Papas elektrischer Gitarre, nur so, ohne sie anzuschließen. Meine Mutter hätte mich glatt enterbt, wenn ich so früh am Morgen die fünfhundert Watt aus meiner Anlage voll aufdrehte und einen auf Rock im Park machte. Ich guckte auf die Uhr. Halb acht! Fuck! Ich flitzte runter.

„Hier! Nimm die zwei Phosphor-D30-Globuli, Andi!", sagte Mama. „Du siehst ganz schön blass aus!"

„Aber Mama", sagte ich. „Ich will keine homöopathischen Pillen mehr essen. Ist sowieso nur Zucker drin!" Das hat mir mein Vater gesagt, aber ich darf ihn nicht verraten, sonst flippt Mama aus und knöpft ihn sich vor. Ich kann so 'nen Spruch locker bringen. Mich liebt die Mutti. Ich bin ja ihr Sohn.

„Zumindest schaden die Pillen nicht!", sagte meine Mutter.

„Wenn ich sie weiterhin kiloweise futtere, werd ich davon noch zuckerkrank!"

„Na, schluck sie schon runter!" Sie hielt mir die zwei kleinen weißen Kügelchen hin. „Ach übrigens, meine

Cousine Diana und ihr Mann fahren für zwei Wochen nach Amerika."

„Die Eltern von Lilli und Tim? Die aus Kiel?"

„Ja, genau die", antwortete Mama. „Stell dir vor, Dianas Mann hat für seine Quacksalberei einen Preis gewonnen, den bekommt er in New York verliehen."

„Woher weißt du das mit dem Preis?", fragte ich. „Du hast doch keinen Kontakt mehr zu deiner Cousine!"

„Sie hat mich selbst angerufen. Lilli können sie nicht mit in die USA nehmen. Und Tim ist im Sommer bei den Pfadfindern in der Schweiz."

„Bei den Pfadfindern? Der muss jetzt doch schon siebzehn sein!"

„So sind die Preußen nun mal! Die halten gern an ihren Gewohnheiten fest."

„Und warum hat sie dich angerufen?"

„Diana? Sie hat mich gefragt, ob Lilli die zwei Wochen bei uns verbringen könnte."

„Hä?" Meine Fresse! Lilli sollte bei uns wohnen? Lilli? Die mir mal gesagt hatte, dass mein Pimmel zu kurz ist? Die erzählt hier sicher den ganzen Leuten aus meiner Schule, wie wir früher mal Doktor gespielt haben. Wenn unsere Mädels das über meinen Kurzen erfahren, bin ich hier ganz unten durch! Bei Katja auch! Scheiße! „Sie kommt echt zu uns?", hakte ich nach.

„Ja!", sagte meine Mutter. „In zehn Tagen. Gleich am Anfang der Ferien. Am Samstag nach dem letzten Schultag. Diana und ihr feiner Chirurg haben keinen aufgetrieben, bei dem sie Lilli unterbringen konnten. Jetzt ist ihnen auch eine ganzheitliche Heilerin gut genug!"

Boah! Schock, Schock! „Gib mir die Pillen!“, sagte ich, schluckte die zwei Zuckerkügelchen runter und trottete aufs Klo.

„Zwei weitere nimmst du noch mittags in der Schule!“, rief sie mir nach. „Und bring mir eine Harnprobe mit!“

„Nö!“, sagte ich. Die Harnprobe konnte sie sich abschminken. Mit so was hat sie mich schon mal in den Wahnsinn getrieben:

Kurz nach Omas Tod hatte Mama mich und meine drei Jahre ältere Schwester Christine zu einer russischen Geistheilerin getrieben. Wegen unseres Nasenblutens. Bei der Gelegenheit wollte Mutter sich bei der Alten was abgucken. Sie hatte vor, mit ein paar anderen Geschädigten für ein Gruppenseminar dort zu bleiben. Mich und Christine sollte mein Vater nach unserer Behandlung nach Hause fahren.

Die fette ukrainische Blonde packte meine Hand, sagte „hmm ...“, und leckte mir den Zeigefinger ab. Das Gleiche bei Christine. Dann schüttelte die Olle den Kopf, zischte wie ’ne Kobra, „tzs, tzs ...“, und guckte unseren Vater recht betrübt an. „Junge haben große Problem mit Schilddrüse!“, sagte sie. „So wie du!“

„Ich hab kein Problem mit der Schilddrüse!“, sagte mein Vater. „Ich hab überhaupt kein Problem. Ich bin nur da, um die Kinder nach Hause zu bringen.“

„Du musst bei mir auch behandeln!“, sagte sie. „Schau! Junge Hand warm und salzig. Das Schilddrüse. Mädchen Hand kalt und nicht salzig!“

„Das kann ich Ihnen gleich erklären!“, sagte Vater. „Die Kinder waren vorhin pieseln. Sicher hat sich Andi die Finger bepinkelt und vergessen, sich die

Hände zu waschen. Deswegen sind seine Finger warm und salzig. Christine hat sich die Hände wohl mit kaltem Wasser gewaschen. So sind ihre Finger kalt und nicht salzig."

„Was du sagen?", brüllte die Geistheilerin. Ist echt ausgeflippt, die Alte. Wollte nicht mal unsere Mutter behandeln.

Zu Hause hat Mama dann meinen Vater zur Sau gemacht. Seitdem passt er auf, was er zu Mamas Spinnereien sagt. Wenn er rummäkelt, gibt's keine Krapfen. Und ich gebe seitdem keine Harnproben ab. Ich weiß, was die Geistheiler damit anstellen.

Bobby, mein Exfreund

Harry stand schon vor unserem Haus und pfiff mich raus. Vor ein paar Monaten hatte er irgendwo auf einer geheimen Seite im Netz die Telefonnummer von einer amerikanischen Sängerin rausgegraben. Leider kann ich ihren Namen aus Datenschutzgründen nicht verraten. Der Depp hat sie auch gleich mit seinem Handy angerufen.

Leider war die Sängerin gerade in Kalifornien und anscheinend besoffen, denn reden konnte sie nicht allzu schnell. Als Harrys Mobilrechnung gekommen ist, haben seine Alten sein Handy beschlagnahmt und ihn zu zwei handylosen Jahren verdonnert. Ich packte meinen Rucksack und flitzte hinaus.

„Hey, Mann!“, sagte Harry. „Du schaust echt ausgewichst aus!“

„Geht mir auch so!“, sagte ich. „Erinnerst du dich, dass ich dir mal von unseren Doktorspielen im Schwarzwald erzählt habe?“

„Klar. Cooles Spiel!“, sagte Harry.

„Mann! Diese entfernte Cousine kommt in den Ferien zu uns!“

„Um Doktor zu spielen? Kann ich mitmachen?“

„Quatsch! Ihre Eltern fliegen nach Amerika. Sie bleibt zwei Wochen bei uns! Mensch! Das letzte, was ich von ihr vor zehn Jahren gesehen hab, war ihre Möse! Was soll ich ihr jetzt sagen, he?“

„Frag sie halt, ob ihr da schon Haare gewachsen sind!“

„Spinnst du? Die lacht mich aus! Schon damals hat sie sich über meinen Pimmel lustig gemacht. Von wegen klein und so ...“

„Weißt du was?“, sagte Harry. „Wenn sie auftaucht, holst du deinen großen Dicken raus, und sagst: ‚Schau, wie der gewachsen ist! Da glotzte, was? Nostradamus biste nicht, du Schlampe, du!‘ Oder was anderes Cooles.“

„Du Idiot! Sie ist keine Schlampe! Außerdem ist mein Ding nicht dick und groß!“

Harry starrte mich an: „Aber etwas größer schon, oder? ... Als damals mit sieben!“

„Na, ja!“

„Alter! Kopf hoch! Vielleicht ist sie hässlich wie ’n Hundepimmel. Dann musst du vor ihr echt keine Hemmungen haben.“ Aber auch hier hatte ich so meine Ahnungen! Was Lilli und ihre Hässlichkeit anging, meine ich.

Garik hüpfte schon am Ende unserer Straße hinterm Zaun hoch. Ich steckte ihm ein bisschen Salami zu und kraulte ihn hinter den Ohren. „Die Salami ist von einem Biobauern aus dem Allgäu, du Hundemonster“, sagte ich, aber das war Garik echt wurscht. Salami ist Salami, dachte er sich sicher.

„Mann!“, sagte Harry. „Pass auf, dass er dir nicht die Hand abbeißt! Der wird ja von Tag zu Tag größer. Ein richtiges Vieh ist der schon.“

„Ein Schäferhund halt. Der beißt aber keinen, der will nur spielen!“

„Kann sein, dass ich den vor ein paar Wochen im Wald hab rumlaufen sehen?“, fragte Harry.

„Gut möglich“, sagte ich. „Garik reißt ständig aus! Letzte Woche habe ich ihn auch im Wald erwischt. Er jagte fünf Nordic Walker aus dem Rentnerheim da drüben vor sich her. Die Rentner haben sich mit ihren Stöcken wie bei der Skiabfahrt abgestoßen und hatten schon ein irres Tempo drauf. Aber anstatt sich bei mir zu bedanken, dass ich Garik abgefangen habe, haben die mich zur Sau gemacht. Nächstes Mal lasse ich die weiter traben! Da kann Garik sich austoben.“

Am Ende der Fütterung spreizte ich meinen Zeige- und Mittelfinger wie ’ne Gabel und streckte die Hand gegen Gariks Schnauze. Das hab ich aus *Crocodile Dundee*. Garik knurrte, legte sich auf den Rücken, und ich kraulte ihm den Bauch durch. Er will immer, dass ich ihn am Pimmel kratze, aber da mach ich nicht mit.

„Mann!“, sagte Harry. „Ein echter Zirkushund!“

„Hab ihm paar Kunststücke beigebracht“, sagte ich. „Garik mag das!“

Wir bogen in unseren Schulhof ein. „Der Bobby-Depp mit seinem Harem!“, sagte Harry. In der Hofecke hüpften fünf Mädchen aus unserer Parallelklasse, der 10b, um unseren ehemaligen Mitschüler Bobby rum.

Die Mädchen in unserer Klasse kannst du vergessen. Wir drücken schon so lange die Schulbank zusammen, dass wir uns wie ’ne Familie vorkommen. Deiner

Schwester würdest du auch nicht die Mieze kraulen wollen, oder? Das wäre doch Blutschande! Deswegen hat sich Bobby Anfang dieses Schuljahrs in die Parallelklasse versetzen lassen.

Na, ja, ein bisschen was hatte wohl auch ich mit Bobbys Wechsel zu tun. Wir waren früher die besten Freunde, aber seit der Achten haben wir immer Stress miteinander. Genauer gesagt, seit unserer Prügelei!

Jetzt zog Bobby in der Schule den großen Casanova ab. War nur am Baggern, sozusagen. Bob der Baumeister – der Baggerboy! Sogar die älteren Mädchen flutet es, wenn Bobby auftaucht.

Dabei trägt er echt peinliche Klamotten: rosa Seidenhemden, grüne Schlangenlederschuhe mit 'ner Spitze, die jeden Arschtritt zum Todesstoß machen. Seine Frisur schaut manchmal echt wie die Cheopspyramide aus – ein Kilo Gel in den Haaren!

Dazu ein Lächeln wie Tom Cruise und nur am Angeben. Ein echtes Alphatier halt! Jetzt gerade, in seinen Cowboystiefeln und der kurzen Jeans mit den abgerissenen Hosenbeinen (wer würde schon Cowboystiefel zu 'ner kurzen Hose anziehen, he?), wurde er wieder mal von fünf Mädels aus seiner neuen Klasse umschwärmt: Anne, Mary, Ilona, Mandy mit den Mördermöpsen und Katja – meine Traumfrau.

Klar hab ich bei Katja keine Chance. Neben Bobby gebe ich den ewigen Verlierer ab. Gordon, Bobbys Vater, arbeitet in der Glotze und ist schwul. Das haben wir allerdings erst letztes Jahr erfahren. Früher hatte Bobby davon nichts gesagt, im Gegenteil. Er hat immer erzählt, wie viele Schauspielerinnen sein Vater klar machen würde und so.

Seit dem letzten Jahr protzt er aber bei jeder Gelegenheit mit seinem schwulen Vater. Nahezu jeden Satz fängt er mit „mein schwuler Vater ...“ an, und das macht die Mädels echt heiß. Ich frag mich immer, was Bobby besser macht als wir, verdammt, dass er all die Mädchen rumkriegt?

Vielleicht hat er ja schon früher von diesem Scheißvampir gehört und bei ihm was gelernt ...? Oh, shit! Jetzt bin ich doch wieder bei Lillis Vampir gelandet. Und dabei wollte ich doch alles der Reihe nach erzählen. Vergesst also den Vampir, Leute! Wir bleiben hier und jetzt!

„Ah, Andi Latte!“, sagte Bobby, als wir an ihm und seinen Mädchen vorbeilatschten. Blöder Sack halt. Zumindest zeigt euch das, wie's zwischen uns läuft. Die Mädchen prusteten los. Meine Traumfrau Katja lachte, als habe ihr ein Bayern-München-Fußballer einen Heiratsantrag gemacht.

Mit rotem Gesicht, den Kopf zwischen den Schultern, gab ich Gas. Noch zehn Schritte bis zum Schuleingang. Wie einem Rettungsring lechzte ich ihm zu. Auch Harry hatte nur ein müdes „blödes Arschloch“ zustande gebracht. Der uncoole Spruch schüttelte Bobbys Grüppchen aber noch mehr durch. Coole Sprüche vor den Mädchen hat hier in der Schule leider nur einer drauf – Bobby eben!

Wie kommt man bei der Konkurrenz wohl an 'ne so krasse Braut wie Katja ran? Wenn ich wenigstens auch einen schwulen Vater hätte! Doch mein Vater ist sogar für meine Mutter nichts als eine Lusche. Statt ins Leben oder in meine Mutter oder andere Männer ist mein Vater nur in seine Gitarre und alte Bücher verknallt. Bobbys Vater dagegen lebt sogar mit seinem Lover Buzzi und mit Bobby in einem Haushalt.

„Wie haben Gordon und Buzzi Bobby überhaupt gezeugt?“, fragte ich Harry im Schulgebäude.

„Künstliche Befruchtung!“, sagte Harry. „Heutzutage können sogar Männer Babys austragen.“

„Und wie machen die das mit der Geburt?“, fragte ich ihn.

„Du musst halt ’nen Pimmel groß wie ’nen Fabrikschornstein haben!“, sagte er.

„Dann kann ich wohl keine Kinder gebären“, sagte ich.

„Jetzt rede dir nicht ständig ein, dass dein Pimmel zu klein ist!“, sagte Harry. „Du solltest dich frontal im Spiegel anschauen! Dann sieht er gleich länger aus. Wenn ich meinen Großen von oben angucke, kommt er mir auch kurz vor. Alles ‘ne Frage der Perspektive, Alter! Hast du in Geometrie nicht aufgepasst, verdammt? Deine Probleme möchte ich echt haben!“

Doch er hat sie ja auch, na, klar, er ist ebenfalls sechzehn. Die wenigsten Jungs werden als Bobby geboren. Noch mit dreizehn war ich ein richtiger Draufgänger, wenn‘s um Mädels ging, jetzt dagegen komm ich mir wie der letzte Schlappschwanz vor.

„Alter!“, sagte ich. „Wie macht Bobby das überhaupt? Der Simone hat er mal gesagt: ‚Du bist echt interessant. Wenn ich nicht schwul wäre, würde ich mich sofort in dich verknallen!‘ Jedem anderen in Bayern würde so ’n Outing den Hals brechen, nur dem Bobby nicht. ’ne Woche später hat er Simone klar gemacht. Sie soll dabei *Dear Mr. President* von Pink gepfiffen haben. Dass die Mädels auf so 'ne schwule Nummer fliegen?"

„Logisch tun die das!", sagte Harry. „Die ganz heißen Mädchen finden's einfach cool, wenn du schwul bist. Sie denken halt, mit dir wird's keinen Stress geben, und passen nicht auf. Und dann schwupp – du holst deinen Harten raus und sagst: ‚Irgendwie hab ich mich geirrt, Baby!' Das bringt die Mädels ganz durcheinander, und sie werden schwach."

„Euch schüttelt die Pubertät durch wie ein Tsunami!", erklang es plötzlich hinter unserem Rücken.

„Hä, Christine? Bist du uns nachgelaufen?"

Meine achtzehnjährige Schwester schob mir ein Papiertütchen zu. „Hier, von Mama. Du hast zu Hause deine Phosphor-Pillen vergessen."

„Mutter spinnt echt!", sagte ich. „Die ist reif für die Klinik!"

„Ihr beide solltet euch auch behandeln lassen", sagte Christine, „bevor euch die Hormone das Gehirn auflösen." Sie zwickte Harry in die Wange: „Wenn du wirklich mal deinen Harten herausholst, lache ich mich schlapp!" Sie trabte davon. Wir guckten ihr nach.

„Echt ein heißer Ofen, deine Schwester!", sagte Harry.

„Leider!", sagte ich. „Neben Christine schaut jedes hübsche Mädchen aus wie 'ne Vogelscheuche. Deswegen sind nur Schreckschrauben mit Christine befreundet! Da ist nichts zu machen."

„Ist mir auch schon aufgefallen," Harry nickte. „Um Christine tummeln sich nur die Mädchen von der Hinterbank! Die, denen sowieso alles wurscht ist.

Läuft Christine zu Hause eigentlich immer noch nackt durch die Gegend?"

„Logisch!"

„Kann ich mich bei euch mal im Wäschekorb oder so was verstecken und ein bisschen gucken?"

„Spinnst du?", sagte ich. „Du hast doch auch 'ne Schwester! Die kannst du doch bespannen!"

„Die ist mir zu intellektuell!", sagte Harry.

„Ältere Schwestern sind echt was Übles!", sagte ich. „Zum Glück sind Danna und Mo schon aus dem Haus. Als ich noch klein war, sind unsere Alten fürs Wochenende oft allein zum Klettern gefahren. Sie haben immer 'ne Liste geschrieben, was jeder von uns im Haus machen musste. Und gleich, als sie aus dem Haus waren, haben mich die Weiber verdroschen – mein eigenes Blut! – und ich musste alles allein abschuften!"

„Die Story hast du mir schon mal erzählt!", sagte Harry und öffnete die Tür zum Klassenzimmer. „Aber Christine hat gesagt, dass das nicht stimmt und du dich immer nur vor der Arbeit drücken wolltest!"

„Das ist gar nicht wahr!", protestierte ich, während wir in die Klasse trotteten. Hört zu, Leute! Sollte Christine oder Harry oder wer auch immer euch so was erzählen, glaubt ihnen nicht! Das sind alles verdammte Lügen!

Feuchte Träume

Meine drei älteren Schwestern müssen mich echt krass geschädigt haben! Wegen ihnen kann ich keine Frau mehr angucken, ohne zu zittern anzufangen. Frauen machen mir Angst. Wenn ich mit 'nem Mädchen reden muss, glotze ich auf ihre Schulter oder auf die Wand hinter ihr.

Allerdings hat auch Harry mit so was Probleme. Er ist zwar der Härteste der Schule, was derbe Sprüche angeht, doch hübschen Mädchen guckt er auch nicht in die Augen. Klar ist Bea eine Ausnahme – aber auch nur, weil Harry sie schon seit dem Kindergarten kennt. Ihre Eltern sind befreundet und die Familien sind letztes Jahr gemeinsam aus Niederbayern zusammen nach München gezogen. Der einzige, der allen Mädels direkt in die Augen guckt, ist Bobby.

Zum Glück hab ich mir eine super Strategie ausgeknobelt, wie ich Katja kriegen kann: Ich würde ihr anonym ein paar Liebesgedichte zustecken, und wenn die Liebesreime ihren Hormonzyklus durchgekurbelt haben, oute ich mich vor ihr:

„Die sind von mir, Catty-Baby. Und jetzt bin ich dein persönlicher Johann Wolfgang!“ Gegen so ’ne Goethe-Tour kann selbst Bobby nicht anstinken, oder?

In der ersten Stunde hatten wir Deutsch bei dem Volldepp Fritz. Statt uns was Gescheites beizubringen, erzählt der Typ uns ständig, dass wir noch in der Pubertät stecken.

Wenn Harry „Scheiße!“ sagt, dann antwortet Fritz: „Das ist Ausdruck deiner Pubertät. Erwachsene gebrauchen eine solche Fäkalsprache nicht!“

Harry daraufhin: „Hä?“

Übrigens stellen sich die Lehrer bei so was viel blöder an als die Lehrerinnen. Fritz ist gar nicht so alt, so um die dreißig, tut aber ständig so, als lebten wir im Mittelalter.

Zum Glück war Fritz an diesem Tag noch nicht in der Klasse. Noch zehn Minuten bis Unterrichtsanfang – Harry konnte also einen seiner derben Witze erzählen, wie jeden Morgen.

Statt zu Hause zu lernen, surft Harry ständig im Netz und sucht nach dreckigen Witzen. Er meint, darauf fliegen die Mädels, doch davon hab ich bisher nichts gemerkt. Mädchen sind in erster Linie romantisch. Manchmal lachen sie aber schon.

„Kennt ihr den ...?“ Sofort drängte sich die halbe Klasse um Harrys Bank. Auch die Mädels. Zum Glück sind sie heutzutage ziemlich gut aufgeklärt, dank der Zeitschriften, die sie lesen – wie meine Schwester Christine.

Letzte Woche erst hatte eine Zeitschrift schon auf der Titelseite einen Artikel zu einer wichtigen Sache verkündet: „Wo die Jungs geküsst werden wollen.“ Na, wo wohl? Alles klar? Außerdem gucken Mädchen gern VIVA, wo halbnackte Nutten um Muckigangsta rumhüpfen. Kein Musikclip ohne Titten! Wenn dir VIVA einen Arsch nach dem anderen in den Blick knallt und 'ne Halbnackte dazu singt, „du hast den schönsten Arsch der Welt", wollen uns die Erwachsenen damit sicherlich nicht psychisch auf den Mathe-Känguru-Wettbewerb vorbereiten.

Schon in der fünften Klasse haben wir uns bei Geburtstagspartys Extremclips im Web angeschaut – also nicht nur das Softzeug bei YouTube. Und als Harry noch sein Handy hatte, schickte er den Mädchen ständig irgendwelche Hardcore-Pornoclips, Monsterschwänze und krasse Mösen, und hörte damit erst auf, als Bea ihm simste: „Was willst du mit dem Kindergartenkram, hä?" Im Klartext: In dieser Welt kann Harry die Mädchen mit keinem auch so derben Witz schockieren.

Nun also legte er los: „Vögelt 'ne Frau mit 'nem Mann. Sie will unbedingt ein Kind bekommen. Der Mann hat sich aber unauffällig 'nen Pariser überzogen. ‚Liebling?', fragt die Frau nach der Nummer. ‚Welchen Namen geben wir unserem Baby denn?' Der Mann zieht den Gummi runter, macht 'nen Knoten dran, schmeißt ihn unters Bett und sagt: ‚Na, wenn er da rauskommt, dann David Copperfield!'"

„Haha!"

„Hihi!"

„Hähä!"

„Oder kennt ihr den? Zwei Männer fahren im Auto und werden von 'ner Frau im Minirock angehalten. Sie hockt sich auf den Hintersitz, sie fahren weiter, der Beifahrer schläft ein. Der Fahrer guckt hin und wieder in den Rückspiegel. Plötzlich spreizt die Frau die Beine, und der Fahrer sieht, dass sie unter dem Minirock kein Höschen trägt. So weckt er unauffällig seinen Kumpel und flüstert ihm ins Ohr: ‚Guck schnell in den Rückspiegel!' Der Beifahrer dreht den Rückspiegel zu sich, guckt und fragt: ‚Du, hast du 'nen Kamm? Ich schau wie 'ne Fotze aus!'"

„Etwas so Geschmackloses habe ich noch nie gehört!", sagte Fritz, der sich inzwischen herangeschlichen und Harrys Witz mitbekommen hatte. Damit Harry „die schöne deutsche Sprache lernt", verpasste ihm der verklemmte Sack eine Ballade zum Auswendiglernen – von Friedrich Schiller. Der einzige, den Harry mit seinen derben Sprüchen noch schockieren kann, ist unser Deutschlehrer. Wo kommt der Typ eigentlich her? Vom Mond?

Fünf Minuten nach Unterrichtsbeginn flog die Tür des Klassenzimmers auf. Harrys Sandkastenfreundin Bea stolzierte hinein. Fritz wollte sie schon anschnauzen, doch die Worte blieben ihm im Hals stecken. Beas Aufmachung hatte ihm die schöne Sprache verschlagen. Wie uns anderen auch! Beas Kleider konntest du in 'ner Streichholzschachtel verpacken. Als ob sie für „Deutschland sucht den Pornostar" casten wollte! Bea ist unser Modell. Natürlich hat Bobby mal versucht, sie anzubaggern, gleich nachdem sie und Harry aus Niederbayern hierhergezogen waren.

Bei Bea hat aber nicht mal Bobby eine Chance. Kein Mensch hat die – Bea ist ja 'ne Göttin! Nur Harry hat bei Bea keine Hemmungen, er kennt sie ja seit dem

Kindergarten und somit auch ihre geheimsten Stellen – ihr Pech.

Während Bea also in ihre Bank schwebte, glotzte Fritz wie 'n geiler Molch. Der ist wohl auch nur so 'ne arme Sau, den die Pubertät etwas verspätet durchschüttelt. Sein komisches D'Artagnan-Bärtchen legt den Verdacht jedenfalls nahe. Wenn du jeden Tag beim Frisieren deines Bärtchens 'ne halbe Stunde vor dem Spiegel verbringst, musst du wohl 'nen Knall haben!

Harry und ich hocken eigentlich nebeneinander. Hin und wieder setzt uns ein Lehrer auseinander – wegen öffentlicher Ruhestörung –, aber wir finden immer wieder zusammen. Jetzt schrieb sich Harry die Strafarbeit auf, bückte sich zu mir und flüsterte mir ins Ohr:

„Hab gestern gesurft! Eine Tusse im Web hatte an der Möse genauso ein Bärtchen wie Fritz. Deswegen nennen das die Designfriseure den Mösenlook!" Dirty Harry halt. Aus Niederbayern! Mehr muss ich dazu wohl nicht sagen, oder?

Fritz riss seinen Blick von Bea und krächzte uns an: „Und ihr arbeitet weiter an eurem Aufsatz!"

„*Was ist Anstand?*", hatte Fritz von uns wissen wollen. Ich guckte lieber gar nicht erst über Harrys Schulter, um zu sehen, was er darüber dichtete, hoffte auf jeden Fall, dass er sich zusammenreißen würde. Sonst bekam Fritz noch einen Kollaps!

Einmal hatte sich Fritz bei Harrys Altem über die Fäkalsprache seines Sohnes beschwert. „Scheiße?", hatte Harrys Vater gefragt und gegrinst. „Sag ich auch hin und wieder! Und noch Schlimmeres!" Daraufhin traute Fritz sich nichts mehr zu sagen. Immerhin soll Harrys Vater früher mal in Niederbayern als Metzger Ochsen mit den bloßen Händen getötet haben.

Mein Aufsatz war fertig. Ich schob ein Blatt Papier unter mein Heft und dichtete darauf ein Liebesgedicht für Katja. Immer wenn mir was einfiel, hob ich mein Heft, und schrieb den Vers auf. Vielleicht konnte ich's ihr mit der Post schicken. Klar anonym. Oder irgendwie zustecken, aber so, dass sie mich dabei nicht erwischte:

„Deine Augen sind echt ziemlich selten
Bayerisch blau, geheimnisvolle Welten
Mein Blick wird nie zu etwas taugen
Ohne die Macht deiner blauen Augen"

Ich dachte an Katja und schrieb eine Zeile auf ... Und plötzlich kam mir Lilli in den Sinn. Und Wahnsinn! Ich sah nicht mehr ihre Möse bei einem Doktorspiel, das wir jetzt spielen würden, ich sah ihr Gesicht vor mir, ein Gesicht wie das von Hermine aus den Harry-Potter-Filmen, ein schönes und kluges Gesicht.

Wie schaute Lilli jetzt, mit sechzehn, wohl aus? Mann! Hatte ich einen an der Klatsche? Wieso dachte ich gerade jetzt, wo ich ein Liebesgedicht für meine Traumfrau schrieb, an ein Mädchen, das ich zuletzt vor zehn Jahren gesehen hatte? Und hopp, tauchte Katja wieder in meinem Hirn auf! Nun fehlte nur noch der letzte Vers:

„Ich denk an dich, und gleich streikt mein Magen
Ich liebe dich, das wollte ich dir sagen"

„Was machst du da?“ Das Gedicht hatte mich so gepackt, dass ich alle Vorsicht vergaß. Über mir stand Fritz. Ach, du Scheiße! Er hob mein Heft hoch, krallte sich mein Gedicht, ging durch die Klasse und rezitierte laut:

„Wo ich nur laufe, laufe ich auf deinen
Echt heftig langen und krass nackten Beinen ...“

Die Klasse lachte. Fritz hielt das Blatt mit meinem Gedicht weit von sich, als sei es etwas Ekliges, und warf es in den Abfallkorb. „Und das soll ein Text über den Anstand sein?“, brüllte er. „Diese ... Diese feuchten Träume?“

„Du feuchtes Arschloch!“, sagte Harry leise.

„Was hast du da gesagt, Deretz?“, kreischte Fritz durch die Klasse.

„Dass Sie a Scheengeist san!“, sagte Harry auf Bayerisch.

„Sei nicht frech!“

„Vielleicht soll man für ’ne Frau kein Gedicht, sondern ein großes rotes Herz malen!“, sagte ich zu Harry ein paar Minuten später. „Mit Pfeil drin und so ...“

„Das würde ich lieber lassen!“, sagte Harry. „Deine Herzen schauen wie Ärsche aus!“

„Auch das Herz ist nur ‘ne Frage der Perspektive“, sagte ich. „Mal Herz, mal Arsch. Je nachdem, ob du von unten oder von oben schaust.“

Zum Glück läutete es in diesem Augenblick. Ich holte mein Gedicht aus dem Abfallkorb. Klar konnte ich’s Katja jetzt nicht mehr zukommen lassen. Die würde gleich wissen, woher der Liebessturm angedonnert kam. Bald würde ja sowieso die ganze Schule erfahren, dass ich Liebesgedichte schrieb. Auch mein Exfreund Bobby, um den die ganzen Quatschtanten aus meiner Klasse immer herumscharwenzeln.

Und natürlich hatte ich recht! Bobby traf ich gleich in der nächsten Pause auf dem Schülerklo, wo er immer qualmt. „Ja, die Liebe, Alter!", sagte er und zwinkerte mir zu. „Wusste gar nicht, dass du Liebesgedichte schreibst." Dabei haben wir früher zusammen Songs komponiert. Wir wohnen ja in derselben Straße und waren seit dem Kindergarten beste Freunde. Bis zur Achten, als eine Bombe zwischen mich und Bobby fiel! Wieso war Bobby nur ein solches Arschloch geworden? Und jetzt hatte er wieder mal ein neues nettes Geschichtchen auf Lager – eine Anekdote für die Mädels: über den liebestrunkenen Andi mit der Latte. Scheiße, verdammte! Vielleicht sollte ich ihm noch mal die Fresse polieren! „Gewalt ist keine Lösung!", sagt mein Vater in solchen Momenten.

Aber ich will mich sowieso nicht mehr mit Bobby prügeln. Das ist schon damals schiefgegangen.

Vor der letzten Stunde erzählte Harry der Klein, unserer Biolehrerin, dass er ins Stadtzentrum fahren müsse, zum Kaufhof am Marienplatz, um sich neue Boxershorts zu kaufen.

Sie kaufte ihm die blöde Ausrede doch glatt ab und ließ ihn laufen! Die Klein ist ganz in Ordnung. Obwohl sie 'ne Frau ist, weiß sie wohl, wie uns zurzeit die Hormone fluten. Biologielehrerin halt ... „Kauf dir was Hübsches!", sagte sie zu Harry. „Am besten etwas mit

Elefanten drauf oder mit Walen, wie die Unterhose von Jack Nicholson in *Einer flog übers Kuckucksnest.*"

„Mach ich doch gern!", sagte Harry und haute ab. Diesmal mit einem Lächeln.

In Bio sollten wir unsere Aufsätze über ein Erlebnis in der Natur vorlesen. Und natürlich rief die Klein mich zuerst auf.

Ich jogge oft im Truderinger Wald, damit ich eine gute Kondition habe und bei unseren Fußballspielen nicht auf der Ersatzbank hocken muss. Und so las ich meine Geschichte über die Entenküken dort am Kieswerksee vor, die vor ein paar Tagen geschlüpft waren.

Als Garik mir letztes Mal wieder hinterhergelaufen war, wollte er am Kieswerk sein Gebiet markieren, und plötzlich lief eine Schwadron kleiner Entlein auf ihn zu. Erschrocken jagte er davon. Vor Rentnern, die durch die Gegend Nordic walken, hat Garik als Stadthund keine Angst – Rentner an Stöcken kennt er ja. Kleine Enten aber? Solche Ausgeburten der Hölle hatte er noch nie gesehen.

„Ein schöner Aufsatz", sagte die Klein hinterher. „Kann ich den mal haben? Ich würde ihn morgen gern in meiner Klasse zeigen. Vielleicht joggen meine Schüler dann ja auch mal im Wald."

Die Klein war Katjas und Bobbys Klassenlehrerin. Ich fragte mich, wie die auf meinen Aufsatz reagieren würden. Keine Ahnung, ob es gut oder schlecht war, sich bei Katja als Naturbursche zu outen. Bei Bobby würde ich mir damit sicherlich Probleme einhandeln. Was sich kurz darauf, gleich am Anfang der Ferien, noch bewahrheiten sollte.

Gedankenverloren schlenderte ich nach dem Unterricht aus der Klasse – und prallte im Flur mit der Nummer eins meiner Top-Ten zusammen: Katja! Und allein! So wie sie angezogen war, hatte sie heute sicher keinen Religionsunterricht:

In ihrem Sommerlook sah sie aus, als wäre sie gerade 'ner Gangsta-Rapper-Luxuskarre entstiegen: kurzer Minirock, freier Bauch, der Nabel gepierct, drüber ein T-Shirt, das auch als BH hätte durchgehen können.

Mann! Die Chance! Keine anderen Mädchen weit und breit und Bobby nicht hier! Zeit für 'nen Baggerspruch direkt vom Großmacker Andi! Aber was sollte ich ihr sagen, verdammt? Na, was? Was ganz Intelligentes! Was Lustiges! Das mögen die Tussen! Aber was? Zum Beispiel: „Hi! Biste auch schwul?" Nee ... Das Terrain hatte Bobby ja schon besetzt. Ja, denk, denk, denk, blödes Hirn! Schon war Katja bei mir.

„Hi!", sagte ich. Mutig, was? Und was tat sie? Sie lachte laut auf und lief weiter! Na, ja, viel Konversation war das nicht. Macht nichts, Mädel! Hab für dich schon 'ne Falle vorbereitet – 'ne Rock'n'Roll-Falle.

Katja kam nämlich immer dienstags und donnerstags auf dem Weg zu ihrem Volleyballtraining an unserem Haus vorbeigelatscht. Die Sporthalle steht praktischerweise am Ende unserer Straße. Und heute war Donnerstag! Am Nachmittag wirst du was erleben, Baby! Aber warum hat sie so gelacht? Verdammt! Sicher hatte ihr Bobby schon von Andi erzählt – dem verliebten Troubadour.

Andi und das Testosteron

Aus dem Wohnzimmer hallte leise Vaters Westerngitarre. Um meine Mutter und ihre Patientinnen nicht zu stören. Mutters Naturheilpraxis war direkt bei uns im Haus, mit einem eigenen Eingang. Mein Vater hockte in letzter Zeit nur zu Hause. Mama jammerte ständig, dass sie uns nicht allein mit dem Geld aus der Praxis durchfüttern konnte. Doch Vater bekam irgendwie keine Aufträge mehr, so als Studiomusiker.

„Mach halt einen Taxischein!", sagt Mutter hin und wieder zu ihm. „Oder verkauf irgendwelche von deinen gottverdammten alten Büchern! Das Haus ist voll davon!"

„Dafür würde mir ein Antiquar nur ein paar Groschen geben!", sagt mein Vater. „Das sind doch alles Schlitzohren!"

„Aber als du die gekauft hast, haben die eine Menge Geld gekostet!"

„Vieles hab ich billig auf dem Flohmarkt geschnappt. Und damals hatte ich auch noch Geld!"

„Ja, damals", sagt meine Mutter dann. „Aber wenn du jetzt nicht langsam Geld verdienst, müssen wir aus dem Haus ziehen. Das Finanzamt hockt uns im Nacken. Blutsauger!“

„Ihr solltet wieder mit der Band touren!“, schlage ich meinem Vater öfter vor, doch der alte Optimist wehrt jedes Mal ab: „Dafür sind wir schon zu alt!“ Kein Wunder, dass sich meine Mutter an ihm die Schuhe abputzt!

„Kennst du den Carter-Style?“, fragte mich mein Vater jetzt.

„Nö, was ist das?“

Er zupfte mit dem Daumen an den Basssaiten die Melodie und schrummte dazwischen über die Saiten. Die Bassübergänge zwischen den Akkorden hörten sich echt geil an. „So spielen viele Country- und Bluegrass-Gitarristen.“

„Cool! Hast du Songtabulaturen davon?“

„Klar.“ Er reichte mir ein paar Blätter. Sechs Linien der Gitarrensaiten mit Punkten drauf, wo du zupfen musst. Ich kann auch Noten lesen, aber Tabulaturen sind irgendwie cooler: *Wildwood Flower*, *Ring of Fire* von Johnny Cash – alles Country. Seit meine Mutter verfügt hat, dass wir sparen müssen, kauft er keine Bücher und Noten mehr, sondern holt sich die Songs aus dem Netz.

„Muss heute Abend weg!“, sagte mein Vater.

„Ins Studio?“, fragte ich. „Hast du ’nen neuen Auftrag?“

„Das nicht, aber die Jungs woll’n proben. Wenn wir einen richtig heißen Song hinkriegen, so wie früher, dann könnten wir noch mal voll durchstarten Dann könnte ich die Jungs vielleicht überreden, dass wir wieder auf Tour gehen!“ Ein Träumer halt.

„Deine Jungs haben auch noch andere Berufe!“, sagte meine Mutter, die hereingekommen war und das Ende unseres Gesprächs mitbekommen hatte. „Und verdienen damit Geld!“

Ich verzog mich nach oben. Zwischen 13 und 15 Uhr herrscht hier manchmal Krieg, wenn Papa seinen Schützengraben aus alten Gitarren und uralten Büchern verlässt und in der Küche antanzt. Da hat Mama Pause in ihrer Naturheilpraxis, ist müde von ihren Patientinnen, die sie den ganzen Vormittag mit Engeln und so zulabert, und dann ist sie auf Streit aus.

Gott sei Dank für mein eigenes Zimmer! Früher musste ich unten in der Küche hausen, aber als Mo letztes Jahr zu ihrem Lover gezogen ist, durfte ich ihr altes Zimmer besetzen. Jeden Tag bete ich, dass bei Mo in der Kiste alles gut läuft und sie nicht zurück nach Hause kommt. Ein eigenes Zimmer ist Luxus. Echt!

Bis zu meinem Sturm auf Katja blieben mir noch ein paar Stunden Zeit. Musik ist ’n guter Pausenfüller. Ich übte an meiner Akustikgitarre Vaters Tabulaturen ein. Doch obwohl ich auf Katja wartete, schoss mir Lilli ständig durch den Kopf. Am übernächsten Samstag würde sie auftauchen. Konnte ich am Ende was mit ihr anstellen? Vielleicht hat sie schon vergessen, dass sie meinen Pimmel damals mit sieben so kurz fand ...

Ich übte weiter und hatte den Carter-Style nach einer Stunde drauf. Die Bassübergänge jagten mich von Akkord zu Akkord, bis ich an dem schönen a-Moll hängen blieb. An einem Song für Lilli. Katja passte da irgendwie nicht rein:

Im Paradies

Ich weiß nicht, warum ich traurig bin
Alles Glück, alle Lust sind dahin
Kein Glas Bier macht mir Freud, kein Minirock
Irgendwie hab ich heut keinen Bock.

Manchmal ist's mir so schwer
Sehr, sehr schwer ...

Doch dann tauchst du auf in meinem Hirn
Und gar nichts ist mehr mies
Am Himmel strahlt mein Glücksgestirn
Ich sitz im Paradies.

Das Paradies kann sehr wohl traurig sein
Auch mit dir bin ich dort ganz allein
Das Paradies ist manchmal ganz schön fies
Vor allem, wenn dich das Glück verließ

Manchmal ist's mir so schwer
Sehr, sehr schwer ...

Doch dann tauchst du auf in meinem Hirn
Und nichts ist mehr mies
Am Himmel strahlt mein Glücksgestirn
Ich sitz im Paradies.

Weißt du was? Ich weiß nicht, wie es um mich steht
Wenn du nicht bei mir bist, geht's mir schlecht
Doch du kommst, und mir geht's auch nicht gut
Vielleicht bin ich halt nicht ausgeruht.

Im Paradies, im Paradies, im Paradies, im Paradies ...

Boah! Im Zimmer war's heiß wie in der Sauna. Ich legte die Gitarre ab, riss die Fenster auf, zog mir die Kopfhörer rüber, haute mich in die Falle und hörte mir 'ne CD von Kool Savas an. Was Mucke angeht, bin ich ganz offen, höre und spiele alles, worauf ich grad Lust habe.

Ich war so müde, dass ich bei Kool Savas sogar einpennte. Vielleicht konnte ich meiner Mutter Kool Savas für 'ne Schlaftherapie empfehlen. Mutters Patientinnen, die Omas, würden sich sicher wundern, wenn Kool Savas versuchte, sie mit seinem „Chicken ficken" in den Schlaf zu wiegen!

Oh! Halb fünf! Höchste Zeit, die Baggerattacke auf Katja vorzubereiten. Ich öffnete die Fenster, haute beide Boxen auf die Fensterbank, holte Vaters elektrische Gitarre aus dem Wohnzimmer, steckte das Kabel ein und drehte voll auf.

Boah! Schon als ich die Gitarre zum Fenster trug, dröhnte sie und brummte wie 'ne Dampflok, ohne dass ich auch nur daran zupfte. Ich hockte mich auf die Fensterbank, möglichst weit weg von den Boxen, damit mir die Schallwellen nicht die Ohrtrommel piercten, holte ein Plektrum aus der Tasche und wartete, bis Katja auftauchen würde.

Und da kam sie schon! In ihrem grünen Adidas-Sportanzug mit weißen Streifen, die Sporttasche über die Schulter.

Sie war nur drei Häuser von mir entfernt, da machte es „wrrrrrrumm!" Ich riss ein paar Riffs runter, für die sich der Gitarrist von Billy Idol nicht schämen würde. Die Boxen hüpften auf der Fensterbank. Die Fenster der Nachbarhäuser klirrten wie bei ’nem Bombenangriff.

Mann! Woodstock pur! Was sagst du jetzt, Katja, du nasenbohrende Eiskönigin, du? Das haut dir die Ohrläppchen weg, was? Mann, oh, Mann! Wie sollte Bobby eine Chance gegen mich haben, wenn er nicht Gitarre spielen konnte? Der Gitarrist war ich!

Und gleich zog ich an den Basssaiten – *Smoke on the Water* von Deep Purple, sicher mit über hundert Dezibel. Du, du, duu, du, du, du, duu ... „Huuuuuu!“ Luftalarm! Panik in der Straße! Die Nachbarn liefen in die Keller!

Ich riskierte ’nen Blick nach unten. Katja latschte gerade an unserem Haus vorbei, guckte kurz zu mir hoch, schüttelte den Kopf und trottete weiter. Hä? Besonders beeindruckt schaute sie nicht aus. Eher genervt! Äh – hätte ich vielleicht doch was Poppigeres bringen sollen? Mist! War wohl mal wieder schiefgegangen!

Die Zimmertür flog auf. „Sag mal, spinnst du?“, brüllte meine Mutter. „Vor lauter Schreck habe ich meiner Patientin die Akupunkturnadel fast ins Auge gestochen! Abmarsch nach unten! Putzen! Staubsaugen!“ Tja. Künstler haben’s bei uns schwer.

Christine war noch nicht zu Hause, aber mein Vater grinste mich an. „Geile Mucke!“, sagte er und half mir beim Aufräumen. Vielleicht ist er noch nicht ganz verloren.

Ich staubte mit dem Handsauger die Bücher in seinem Zimmer ab. „Pass auf!“, sagte er wie immer. „Du musst ganz vorsichtig über die Bücher fahren, darfst sie nicht antatschen. Das meiste davon sind teure Erstausgaben. Teuer und selten!“

Mann! In Vaters Zimmer schaut es echt aus wie in einem Antiquariat! Mit Ikea-Billy-Regalen vollgestellt, in denen Tausende von Büchern stehen. Dahinter, am Fenster, zwischen zwei Regalen sein Computertisch.

„Was ist das?“, fragte ich und zeigte auf den Bildschirm.

„eBay!“, sagte er. „Bei eBay kannst du auch jedes alte Buch kaufen.“ Ich schluckte. Wenn Mutter erfuhr, dass er alte Bücher kaufte.

„Keine Angst!“, sagte er schnell. „Ich kaufe nichts mehr. Ich guck nur, was die Sachen so kosten.“ Ob ich ihm das glauben soll, dachte ich, aber ich hielt lieber den Mund.

Nach dem Abendessen guckte ich mir am Computer eine Vampir-DVD an, die mir Harry gebrannt hatte. Die Viecher liefen rum und bissen jedem in den Hals, der vorher in einem Club Karaoke gesungen hatte. Heftig öd und deppert. Diese Horrordinger machen mich wirklich nicht an.

In letzter Zeit hab ich auch kein World of Warcraft mehr gespielt. Irgendwie war ich im letzten Jahr in so ’ne Suchtfalle geraten. Ich hatte nur am Computer gehockt und WoW gespielt. Monatelang hab ich nicht mal meine Gitarre in die Hand genommen.

Irgendwann ging ich auf Entzug und habe das Spiel seitdem ganz gemieden. Zurzeit tobte ich mich höchstens an Racingspielen aus – eine gute Fingerübung für Gitarrenspieler. Wenn du an den Pfeiltasten täglich den Zeige-, Mittel- und Ringfinger übst, zupfst du an deiner Gitarre wie Jimmy Hendrix.

Auch Pornos langweilten mich zunehmend. Als Sechzehnjähriger kennst du die Möse in- und auswendig. Wie 'ne Möse ausschaut, ist für mich echt kein Geheimnis. Ich hab im Web ja schon hunderttausende Mösen gesehen, in all ihren Arten und Abarten – haarig, ein bisschen frisiert und ganz rasiert, kleine süße Zuckerschnecken und große lappige Medusen, die hungrig herumschnappen: schnapp, schnapp!

Die sind ja noch ganz hübsch, schlimm aber sind die Plastikmösen ohne Gesicht – die sind der Grund dafür, dass du dir diese Sachen irgendwann nicht mehr anguckst. Mösenbilder werden im Web wie Tomaten verkauft – kiloweise und ohne Liebe! Nur die lebendige Möse blieb für mich wie der Mond für 'nen Astronomen, jedes Stück davon schon als Bild gesehen, doch noch nie in das das Gelobte Land gereist!

Allmählich kam mir die Möse wie eine Paradiesblume vor, an deren Duft ich mich nie berauschen würde, weil's das Paradies gar nicht gab. Ich holte mir einen runter und surfte anschließend im Netz. Durch Pornoseiten zu surfen, ist sowieso ungesund. Da schnappt man schnell ein paar Viren auf. Ausgewichst schaust du nach den mösenfreien Seiten, die weniger infiziert sind. Eine Viertelstunde lang auf jeden Fall, bevor der Trieb dich wieder packt.

Ich googelte nach „feuchte Träume". Wollte echt wissen, was unser Deutschlehrer damit meinte. In einem Blogbeitrag stand: „Wenn ein erwachsener Mann die Bedürfnisse eines sechzehnjährigen Jungen als ‚feuchte Träume' abtut, ist es nur erbärmlich."

Da hatte ich's schwarz auf weiß: Der Fritz ist ein Arschloch! In einem anderen Kommentar erfuhr ich, dass wichsen gesund sei. Sogar wissenschaftlich bewiesen. Hey, Leute! Wusstet ihr, dass zwischen dem neunten und fünfzehnten Lebensjahr der Testosteronspiegel bei einem Jungen um das FÜNFUNDZWANZIGFACHE steigt? Und das Hormon Testosteron ist für unseren Sexualtrieb verantwortlich! ’n Hammer, oder? Mit meinen sechzehn stand ich also grade auf dem Gipfel! Oh, Gott, wie sollte ich da je runterkommen?

Bei einem Mädchen kocht sich das Testosteron in demselben Zeitraum gerade nur fünfmal hoch, las ich. Jetzt war mir alles klar! Deswegen konnte sich Katja ganz cremig in der Nase bohren! Die wurde vom Testosteron nicht so überschwemmt wie ich!

Mann! Sie überlegt und schaut und wartet mal ab und wählt aus und dann überlegt sie wieder! Und ich? Ein paar Stunden lang ohne Samenerguss und gleich spürst du Druck in den Keimdrüsen!

Sogar Prostatakrebs kannst du kriegen, wenn du nicht jeden Tag die Drüsen leerst! Boah! Ich hielt kurz inne. Ja, da war er wieder! Dieser scheiß Druck! Was blieb mir also anderes übrig?

Um gesund zu bleiben, holte ich mir noch einen runter.

In letzter Zeit hatte ich eine super Wichstechnik entwickelt, was irre Mentales: Du entspannst dich mit einem geilen Bild im Kopf, fängst an zu rubbeln, versuchst aber, die ganze Zeit die Muskulatur locker zu halten. Wenn sich irgendwo ein winziges Sehnchen spannt, lockerst du sofort, und wenn’s kommt, versuchst du alles weiter locker zu halten, – auch die

Pimmelmuskulatur. Und dann platzt die Bombe! Aaaah – was für ein Soloauftritt!

Gott hat echt gut überlegt, wozu er uns die Hände geschenkt hat. Oder war das die Evolution? Ach, egal!

Anstatt noch einen weiteren Gedanken daran zu verschwenden, ging ich lieber pennen. Und natürlich tauchten gleich wieder meine „feuchten Träume" auf: Titten, Mösen und Ärsche! Wovon sollte ich als Sechzehnjähriger sonst träumen, verdammt? Von der Globalisierung etwa?

Im Traum spielte ich wieder Doktor mit Lilli, doch waren wir in unserem Alter – nicht so klein und harmlos wie damals mit sechs. „Oh je! Der ist ja immer noch nicht gewachsen!", sagte Lilli und lachte. Erschrocken wachte ich auf und fasste mir in den Schritt. Uff! Doch nicht geschrumpft! Die Traum-Lilli hatte sich geirrt.

Beruhigt schlief ich ein, und wir poppten. Echt! Um zwei weckte mich ein urgeiles Gefühl da unten. Ich fasste mir in die Hose. Ach je! Musste meine Boxershorts wechseln. Die alte wusch ich aus und hängte sie an den kalten Heizungskörper. Ende Juli. Obwohl es mitten in der Nacht war, ging draußen eine wahre Afrikashow ab. Heiß wie in 'ner Mikrowelle. In ein paar Stunden würde die Unterhose trocken sein.

Wenn Mutter die Shorts so spermatisiert in der Wäsche entdeckte, würde sie mit ihren Akupunkturnadeln aus mir eine Pinnwand machen. Und das wollte ich vermeiden.

Als ich mit vierzehn meinen ersten ungewollten Samenerguss in der Nacht erlebt hatte, dachte ich echt, dass bei mir was geplatzt wäre. Obwohl ich dank

Webcams schon mit zwölf wusste, dass du als Mann wie ein Tier herumspritzen musst.

Im nächsten Traum jagte mich ein Vampir-Superman durch die Münchner Fußgängerzone. Weil ich irgendwo in einem Karaoke-Schuppen falsch gesungen hatte. Der Marienplatz war menschenleer. Tiefste Nacht. Nur ich und der Vampir. Blut tropfte ihm vom Maul. Tja ... Und wieder sind wir bei Lillis Scheißvampir-Alphatier angelangt. Ich sollte echt nicht vorgreifen. Gute Nacht!

Harry und die Mädchen

In den vorletzten Freitag vor den Sommerferien hüpfte ich ganz entspannt rein – gut für den ganzen Stress gerüstet. Am Frühstückstisch hockte nur Christine. In Pyjamaoberteil und Höschen. Vater und Mutter schliefen noch. Mutters Praxis war ja am Freitag zu.

Christine, die vor ein paar Wochen achtzehn geworden war, blätterte in der *Mädchen* rum. Wann würde die wohl erwachsen werden? Sie hob den Kopf, guckte mich lange an und fragte: „Wie oft masturbierst du am Tag?"

Hä? Hatte sie in der Nacht was mitbekommen? Hatte ich beim Wichsen wie 'n Bulle gebrüllt, oder was?

„Spinnst du?", sagte ich.

„Schau mal! Hier in der Zeitschrift ist ein Artikel drüber, wie oft es Jungs am Tag treiben."

„Was?"

„Die Journalistin hat Jungs auf der Straße angehalten und sie gefragt: ‚Wie oft holst du dir einen runter?' und so", sagte Christine. „Manche rubbeln bis zu zehnmal am Tag!"

„Echt?“ Mann, wenn das stimmte, dann war ich voll enthaltsam! Ich brachte es allerhöchstens auf dreimal am Tag! Und schon deswegen bekam ich Schuldgefühle und kam mir wie ’n Affe vor!

Gerade als ich mir das letzte Stück Brot mit der Erdbeermarmelade in den Mund schob, jagte Christine nackt aus dem Bad die Treppe hinauf, in ihr Zimmer. Schwester oder nicht Schwester – ein nackter Frauenarsch trägt kein Namensschild!

Mit offenem Mund und roter Marmelade am Kinn glotzte ich, wie sie auf ihren zwei langen nackten Beinen der Klasse 1A die Treppe hinaufhüpfte. Obwohl wir hier im Haus alle nackt rumliefen, erwischte es mich jetzt voll.

Mit ’nem Ständer wie eine Handbremse bretterte ich noch mal zurück in mein Zimmer und holte mir einen runter. Um den Tagesanfang zu feiern, sozusagen. Warum auch nicht? Wenn sogar die *Mädchen* Wichsen cool fand, war das auf jeden Fall besser als Akupunktur!

Zehn Minuten später war ich wieder unten. An der Espressomaschine tobte sich jetzt unsere Mama aus. Echt keine Ahnung von Technik, die Frau. „Warte mal!“, sagte ich, drückte ’nen Knopf und die Maschine zischte und blubberte mir ihr „Hallo“ entgegen.

Mutter drehte sich um. „Apropos Akupunktur!“, sagte sie. Scheiße! Konnte sie meine Gedanken lesen? War sie früher doch mal ’ne Hexe gewesen? Wusste sie, dass ich regelmäßig wie ein Tier rumwichste? Echt peinlich ...

„Wie steht’s mit deinem Nasenbluten?“, fragte sie. „Vielleicht könnte ich dir ein paar Nadeln ...“

„Nö, Mama!“, sagte ich. „Aus der Nase kommt bei mir jetzt nichts mehr raus!“

„Das soll ein Witz sein, oder was?“

Ups! Hatte gar nicht gemerkt, wie doppeldeutig meine Antwort war. „Quatsch!“, sagte ich. „Hab seit Monaten kein Nasenbluten mehr gehabt!“

Klingeling! Zum Glück unterbrach das drahtlose Siemensding unser Gespräch – gerade im passenden Moment. Mutter ging ans Telefon.

Da Harry mich heute nicht abholte, schnappte ich mir meinen Fußball und kickte auf dem Weg zur Schule vor mich hin. Obwohl es noch vor acht war, knallte mir die Sonne schon in den Nacken. In der Nacht sollte es Gewitter geben, doch jetzt war der Himmel nur blau gesprayt, ohne ein weißes Fleckchen – no clouds.

Ich versuchte, den Ball möglichst lang in der Luft zu halten. Gelang mir immer ein paar Meter weit. „Wow!“, sagte Maja, die auf der anderen Straßenseite in die Schule trippelte.

Boah! Endlich! Bewunderung von einer Frau! Leider war Maja erst acht, aber besser als nichts, oder? Die Beatles waren zuerst auch von dreizehnjährigen Mädchen bekreischt worden! Bis sie sich dann die ganz großen Mädchen krallen konnten.

Als ich an der Schule ankam, musste ich wieder mal an einen Knast denken. Keine Ahnung, warum. Die krasse Architektur, vielleicht?

Drinnen ging es auch ziemlich derb zu. Harry ließ in Erdkunde ’nen Leisen fahren – ’nen Leisen, aber heftigen –, sodass mir davon echt schlecht wurde. Sollte ich Gasalarm schlagen?

Harry wartete, bis unsere Mitschüler die Furzbrise mit „Boah!“ und „Pfui!“ und „Echt derb!“ kommentierten, dann starrte er Bea an, seine Kindheitsfreundin, unsere zarte Schöne, die eine Bank weiter steif wie ’ne Königin hockte, und sagte laut:

„Aber Bea!“ Er schnupperte angeekelt in der Luft rum, schüttelte den Kopf und machte: „Tzs, tzs ...“

Die ganze Klasse drehte sich zu Bea und glotzte sie an. Sie kräuselte ihre wunderschöne Nase, zog den Duft ordentlich ein und wurde ganz rot. Wahnsinn! Auch Göttinnen können rot werden. Harry ist manchmal echt ’ne krasse Sau!

Danach zog sich aber auch Erdkunde in die Länge. Ich flüsterte Harry meine neuesten Erkenntnisse übers Testosteron ins Ohr.

„Was?“, sagte Harry. „Und deswegen bin ich dauernd am Wichsen? Wegen diesem Testosteron? Kann man das auch kaufen?“

„Wieso?“

„Wir könnten das den Mädels auf ihre Butterbrote streuen!“

„Du hast echt ’nen Knall!“

♥

In der Pause dackelte mein Ex-bester-Freund Bobby als Coach der 10b an und machte mit uns das morgige Fußballspiel klar. Auf dem Bolzplatz hinterm Krankenhaus Neuperlach, direkt am Truderinger Wald.

Ich kannte den Platz schon seit dem Kindergarten. Als Vater noch mit mir gekickt hatte. Und jetzt würde dort unser Derby steigen: die 10a gegen die 10b!

Bis jetzt waren unsere Mädchen noch nie auf dem Bolzplatz aufgetaucht. Manche fahren samstags mit Bobby zum Steinsee. Kicken kann Bobby nämlich nicht. Wenn er aber die Jungs der 10b managte, würden wohl auch ihre Mädchen kommen. Und dann konnte ich für sie ein paar geniale Tricks aus meiner Fußballkiste zaubern. Vor allem für Katja!

„Jungs! Es hat schon geläutet!" Die Klein war bei unserem Grüppchen aufgetaucht. Bobby schlenderte zur Tür. „Was machst du hier, Bobby?" Der Typ zwinkerte tatsächlich der Lehrerin zu, und sie errötete. Das gibt's doch nicht!

„Geht auf eure Plätze!"

„Wir kicken morgen gegen die 10b, Frau Klein!", sagte Tom.

„Wirklich? Na, dann hoffe ich, dass ihr verliert! Die 10b ist ja meine Klasse. Aber sicher wird's das Spiel des Jahres!"

Auch in der nächsten Pause redeten wir von nichts anderem. Unsere Mädchen wollten sich das Spiel auch angucken. Harry klopfte mir auf die Schulter. „Rauchen wir schnell eine?"

Er und Tom tauschten Kippen aus. Ich rauche nicht, sonst würde mich Mutter jeden Tag mit Blutegeln voll kleistern. Trotzdem kam ich mit ins Häuschen.

Dort qualmte bereits Bobby. Durch das Jungenklo zogen dicke Rauchschwaden. Wenn Bobby in diesem Tempo weiter paffte, würde ihm der Sack austrocknen, und vorbei wäre es mit seinem Ruf als Stecher!

„Die Schule schlägt mir echt aufs Gemüt", sagte Bobby. „Zum Glück hat man hier auf dem Klo Ruhe vor den Lehrern!"

„Sie haben Angst, dass sie uns hier bei Schlägereien erwischen", sagte ich. „Dann wäre in der Schule die Hölle los: Fernsehen, Kameras, Zeitungsfritzen ..."

„Jungs haben sich schon immer geprügelt", sagte Tom. „Nur standen drüber früher keine Artikel in den Zeitungen." Er und guckte mich bedeutungsvoll an. Keine Ahnung, warum.

„Hä, Andi!", sagte Harry. „Wie heißt dieses Scheißding? Testopesto ..."

„Testosteron?"

„Ja! Testosteron! Das ist sicher auch an den Schlägereien schuld. So 'n überschwemmter Typ läuft rum, denkt nur ans Vögeln, und da kommt ihm jemand blöd. Und schon klatsch, klatsch! Wenn er vorher abgewichst hätte, um Druck abzulassen, würde er seine Faust nicht mehr hochkriegen!"

„Mann!", sagte Tom. „Wovon redet ihr da überhaupt? Denkt lieber an unser Spiel! Alle kommen morgen hin! Das ist ja fast wie 1860 gegen Bayern München."

„Ich war früher öfter im Urlaub in Südböhmen", sagte ich. „An so 'nem riesigen Stausee. Da hab ich auf dem Campingplatz immer mit den tschechischen Jungs gekickt. Einmal hat mich einer gefragt ..."

„Reden die denn Deutsch?", fragte Bobby und ließ einen Rauchkringel gegen die Decke schweben. Der Typ muss sich echt immer aufspielen!

„Entweder Deutsch oder Englisch!", sagte ich. „Einmal hat mich also einer gefragt, wo ich herkomme, und als ich sagte, ‚aus München', ist er voll ausgeflippt. ‚Bayern München?', hat er gefragt und gebrüllt: ‚Hey, Jungs, kommt her! Der Andi spielt bei Bayern München!'"

„Haste ihnen gesagt, dass du eigentlich nur beim SV Waldperlach kickst?“, fragte Bobby.

„Warum sollte ich denen die Freude versauen?“, sagte ich. „Sie wollten einen echten Bayern-München-Spieler kennenlernen! Seitdem traute sich aber keiner mehr, gegen mich anzutreten. Jeder ging mir aus dem Weg, wenn ich am Ball war.“

„So macht man's richtig“, sagte Bobby und grinste. „Kommt, lasst uns rausgehen! Irgendwie hab ich hier auf dem Klo das Gefühl, als würde ich Scheiße rauchen.“

„Dann hör auf zu furzen!“, sagte Harry.

Das Vorspiel

Auf den Freitagnachmittag freue ich mich immer am meisten. Da ist bei uns die Bude leer. Mutter hilft in der Naturheilpraxis einer Freundin aus und Vater geht freitags mit einem Freund wandern. Der ist Professor, aber viel Wissenschaft machen die beiden wohl nicht, denn Vater torkelt meistens kurz vor Mitternacht etwas angetrunken ins Haus.

Christine muss nach dem Sommer ihr Abi nachholen, weil sie im Frühling lange krank war, und geht am Freitag nach Schulschluss gleich zu ihrem Freund lernen. Was die beiden da so alles lernen, wüsste ich allerdings auch gern! Biologie wahrscheinlich – den praktischen Teil.

Freitagnachmittags bin ich also immer ganz allein zu Hause, und das ist derb schön – echt! Alleinsein ist einfach geil. Du kannst dich ganz deinem Testosteron überlassen – nur du und der Trieb – und keiner stört dich.

Klar musst du verdammt vorsichtig sein. Die meisten Unfälle passieren daheim. Das sagen auch die Statistiken. Im Netz hatte ich mal von einem Jungen gelesen, der so geil war, dass er seinen Ständer in 'n Staubsaugerloch gesteckt hat.

Dabei wurde ihm die Pimmelspitze abgehobelt. Manche Löcher sind halt verdammt gefährlich. Logisch poppe ich bei uns nicht den Staubsauger. Doch wer weiß, wohin mich dieser ganze Wahnsinn noch treibt. Zum Glück gibt's Fußball zum Abreagieren.

Als Mutter um fünf anrückte, radelte ich zum SV Waldperlach. Das war zwar ein Stück von uns entfernt, aber Vater hatte mich dort irgendwann mal angemeldet. Noch im Kindergarten, bevor ich was von Doktorspielen wusste.

Ich freute mich auf Samstag. Morgen, da würden wir der 10b den Arsch aufreißen! Zuerst musste ich aber noch das letzte Fußballtraining der Saison rumkriegen.

Das Training war echt der Hammer. Wie gesagt das letzte Training vor der Sommerpause, doch Hannes, unser Trainer, lief auf dem Fußballfeld herum und jagte uns wie Schlachtschweine. „Jeder sucht sich einen Partner aus. Und hopp, hopp auf den Rücken!"

„Waaas?"

„Na, was! Einer trägt den anderen auf dem Rücken. Wir machen ein Wettrennen!"

„Einmal quer übers Feld?"

„Quer übers Feld? Seid ihr behindert oder was? Über die ganze Feldlänge laufen wir! Drei, zwei, eins und los!"

Ich musste den dicken Michi auf dem Rücken tragen. Klar war das nur sein Spitzname, aber der Typ heißt tatsächlich Michi und ist noch dicker als der Michi aus den „Wilden Kerlen". Normalerweise hockt er auf der Ersatzbank, damit er auf dem Feld keine Fußabdrücke hinterlässt.

Jetzt musste ich aber mit Michi auf dem Rücken übers gesamte Fußballfeld laufen! Entlang der Außenlinie, wohlgemerkt. Damit man das Spielfeld nicht renovieren musste.

Ich hechelte also mit dem dicken Michi auf dem Rücken durch die Gegend, Hannes trabte hinter mir her und brüllte: „Los, los, ihr Memmen!"

Auf der Höhe der Mittellinie brach ich zusammen und stürzte zu Boden. „Sklaverei!", keuchte ich.

Der dicke Michi schüttelte sich vor Lachen. „Noch mal! Noch 'ne Runde!", bettelte er. Vor lauter Spaßhaben war er rosig wie 'n Ferkel! Bei seinem Gewicht hatte ihm wohl noch nie jemand freiwillig den Buckel hingehalten.

„Nun steh schon auf!", sagte Hannes und zog mich hoch. Auch er lachte.

Von der Schinderei abgesehen, ist Hannes voll in Ordnung. Er ist einer der wenigen Erwachsenen, mit denen du ohne Krampf reden kannst. Natürlich über Fußball. Hannes denkt ja an nichts anderes. Wahrscheinlich ist er nur deswegen Trainer geworden, damit er mit uns Fußball spielen kann.

Er klopfte mir auf den gebrochenen Rücken: „Jetzt machen wir ein Spiel! Du und ich, wir wählen aus!"

Auf dem Spielfeld fühle ich mich wie der Kaiser schlechthin. Keine Spur von schüchtern oder so. Wo bleibt nur dieses Siegesgefühl, dieser Sturmdrang, verdammt, wenn ich bei 'nem Mädchen ans Tor will? Warum kommen sie nicht her, die Mädels? Um zu schauen, wie der Andi kickt, der Fußballgott? Mann!

Wenn mich Katja jetzt so sehen würde! Stattdessen lief sie wohl gerade wieder mit Bobby durch die Gegend.

Beim Spiel schoss ich drei Tore, das letzte sogar mit einem Fallrückzieher. Drei zu zwei für uns. Die perfekte Rache an Hannes! Der schimpfte über das verlorene Spiel und freute sich gleichzeitig, dass wir heute so gut gekickt hatten.

Feierabend! Unsere T-Shirts tropften vor Saft. Gott hockte am Ofen und legte wie ein Wahnsinniger weiter Kohlen nach. Die Hitze verschwand nicht mal am Abend.

Hannes gab zum Ende der Saison Spezi und Pommes aus. Wir besetzten einen großen Tisch draußen im Biergarten, wo man den besten Balkan-Grillteller der Welt bekam, und laberten.

Nach dem Training sah das Leben wie immer ganz rosig aus. Auch der Stress mit den Mädchen zupfte weniger als sonst an den Hirnleitungen.

Heim radelte ich am Truderinger Wald vorbei. Acht Uhr abends war es, aber noch hell wie in 'nem Brutkasten.

Gleich hinterm Kieswerk liegt der Bolzplatz. Dort drüben würden wir der 10b morgen die Ärsche aufreißen! Sicher würde Bobby die ganzen Schnecken anschleppen. Dann konnte ich Katja endlich zeigen, was ich kickermäßig so draufhabe. Bei meiner Spielkunst würden ihre Beine schwach werden. Die alten Schmähungen wären vergessen!

Mit den Mädchen reden konnte ich nicht – aber wozu groß reden? Das Runde muss ins Eckige und damit basta. Wenn du mal 'n Fußballheld bist, kannst du in der Glotze wie ’n Idiot reden, und alle finden dich super. Ist doch so, nicht wahr?

Das Leben stellte sich plötzlich ganz locker und freundlich an: Morgen die Fußballshow vor den Mädels, nur noch eine Woche bis zum Schulende, am nächsten Freitag würden wir die Zeugnisse bekommen (was sicherlich weniger erfreulich sein würde) und dann ab in die Ferien.

Und gleich am ersten Feriensamstag sollte Lilli zu uns kommen. Ob ich es überhaupt schaffen würde, ihr in die Augen zu gucken?

Der Teufelskicker

Endlich Samstag! Nach dem Mittagessen radelten wir nach Neuperlach. Leider war der Bolzplatz besetzt. Die Jungs aus den Neuperlacher Hochhäusern spielten dort, alles zwischen sechs und sechzehn: Deutsche, Türken, Russen, Araber, Italiener und ein erwachsener Tscheche, der hier immer mit seinen zwei Söhnen anrückte.

Mein Vater sagt, dass es in Neuperlach vor allem Sozialwohnungen gibt. Auf jeden Fall keine Familienhäuser wie in unserem feinen Viertel. Obwohl wir ja gar nicht so fein sind, wir wohnen nicht in Grünwald oder Bogenhausen oder so.

Meistens kommen die Neuperlacher später zum Bolzplatz. Doch heute kickten die schon am frühen Nachmittag dort. Unser Pech! Wir hockten uns an den Spielfeldrand und schauten den Jungs zu. Bobby und die Mädchen waren bis jetzt nicht aufgetaucht.

Der Bolzplatz ist vor Jahren angelegt worden. Dann verlor die Stadt das Interesse am Sport in Neuperlach. Auf dem einst feinen Rasen sind einzelne Grasbuschhügelchen entstanden, mit Mulden aus zernarbter brauner Erde dazwischen.

Vor den Toren haben Tausende Hobbykicker den Boden zu zwei breiten flachen Gruben gestampft. Nach jedem Regen entstehen dort große, matschige Pfützen, die nach ein paar Tagen entsetzlich stinken. Die Torwarte pissen hinein, um die Stürmer abzuschrecken!

Als ich letzten Samstag hier gespielt hatte, war alles trocken, doch unter der Woche hatte es geschifft und schon glotzten uns die zwei Stürmerfallen verdammt schlammig entgegen.

Eigentlich fies, dass sich die Stadt nicht um den Platz kümmerte. Nie habe ich hier Bullen vorbeikommen sehen, um für Ordnung zu sorgen.

„Neuperlach liegt den Herren im Rathaus nicht so am Herzen!", hatte mein Vater mal gesagt. „Sozialwohnungen, viele Ausländer ... Warum noch Geld in einen Bolzplatz in einem solchen Viertel stecken? Soll'n die Jungs doch durch Geschäfte laufen und dort klauen oder sich prügeln! Selbst in den Neuperlacher Wohnanlagen hat man den Kids Ballspiele verboten! Verbieten, sperren, Gesetze verschärfen, das ja, aber ..."

„Warum jammerst du ständig, Mensch?", sagt meine Mutter zu meinem Vater, wenn er so redet. „Sei nicht so negativ!" Mama liest Bücher über positives Denken und hält uns Vorträge, dass wir alles positiv sehen und ständig lachen sollen und so, aber wenn sie mal ausflippt, dann kann keiner so die Sau rauslassen wie sie.

Zum Glück schissen heute die Neuperlacher Jungs auf die Pfützen: sie rutschten lachend und johlend durch den stickigen Schlamm und sammelten das Schlammwasser mit ihren Kleidern auf. Nur weiter so, ihr Trocknungsmaschinen!

Harry war heute zum ersten Mal mit uns auf dem Bolzplatz. Er ist ja erst letztes Jahr nach München gezogen und an den vergangenen Samstagen hatte er keine Zeit. Jetzt hörte er fasziniert zu, wie sich die Jungs aus Neuperlach gegenseitig anspornten:

„Von mir kriegst du auch keinen Pass mehr, du Wichser!", rief der achtjährige Ali.

„Du gibst doch gar keine Pässe, du Schwanzlutscher!", brüllte ein anderer Knirps.

Dazwischen mischte sich immer wieder der ältere Tscheche ein: „Wenn ihr nicht mit dem Streiten aufhört, gehen wir heim!" Gleich aber wendete er sich seinem achtjährigen Sohn zu: „Adam, was spielst du da? Soll ich dich lieber bei einer Ballettschule anmelden? Damit du statt Fußball mit den Mädchen rumtanzen kannst?"

„Ich melde dich bei einem Schwulenkurs an, Papa!", kreischte der Achtjährige. „Damit du besser schwul sein kannst!"

„Na, hör mal! Bringt man dir so was in der Schule bei?"

Ein anderer Mitspieler von Ali, ein etwa zwölfjähriger Deutscher, gab Ali hin und wieder eine Flanke und brüllte dann, nachdem Ali sie wieder mal verpatzt hatte: „Ali, du Muschi!"

Hinter einem der Tore kreischte ein sechsjähriger Gangsta, wenn auf seiner Seite ein Tor fiel: „Ich fick deine Mutter, du Spast!"

„Mann!“, sagte Harry. „Hier fühl ich mich echt wie zu Hause.“

Irgendwann foulte ein etwa zehnjähriger Deutscher ziemlich böse einen ungefähr gleich alten Türken und schon ging die Action los. Der Tscheche versuchte die zwei Rowdys auseinanderzubringen, doch beim anderen Tor fing der Bruder des Deutschen jetzt an, auf den Bruder des Türken einzuprügeln.

Wir halfen dem Tschechen und den paar älteren Jungs, die Kleinen zu beruhigen. Am Ende schleppte der Tscheche einen Türken mit einer breiten Platzwunde ab. Das Neuperlacher Krankenhaus liegt echt praktisch gleich zwei Häuserblocks hinter dem Bolzplatz.

Endlich konnte das Spiel des Jahres beginnen: Auch der dicke Michi war aufgetaucht. Wohnt hier in der Nähe. „Du kommst bei uns ins Tor!“, sagte Harry zu ihm, als wir uns aufteilten. „Dann bleibt dort nur eine kleine Lücke übrig, da rutscht kein Ball durch!“

„Klar!“, sagte der dicke Michi. Er freute sich, dass er überhaupt mitspielen durfte.

Sieben gegen sieben! Die glorreichen Sieben! 10a gegen 10b. Zuerst ganz locker – um uns warm zu machen.

Und dann tauchte psychische Verstärkung am Horizont auf: die Mädels! Aus beiden Klassen. Acht Groupies! Und Bobby, wie der Leithund an der Spitze des Zuges. Wahnsinn! Sogar Bea war dabei. Und Katja!

Ich spürte, wie mir der Saft in die Beine schoss! Mann, oh, Mann! Jetzt wirst du was erleben Katja, du unnahbare Catty, du Schmusekatze, du! Mach „miau, miau“ für den Helden! Hier kickt Andi – der Fußballprofi, der Meister aller Klassen, der Spitzensportler vor Gott! Der Champion!

Ich hüpfte selbst ohne Ball durch die Gegend, so kribblig machte mich das verdammte Testosteron. Vielleicht sollte ich doch noch kurz in den Busch springen und mir einen runterholen, um mich etwas abzuchillen.

Die Mädels hockten sich an den Feldrand und spornten uns an. Bobby als Coach der 10b mittendrin wie ein Pascha. „Legt endlich los!“, brüllte er. „Mir ist langweilig!“

Ich tat, was ich konnte. Doch heute sprang der Ball in den Mulden zwischen den Grasbüscheln besonders fies in alle möglichen Richtungen, nur nicht dahin, wo du ihn haben wolltest. Keine Technik möglich, keine Tricks, kein g'scheites Dribbeln.

„Ich dachte, du spielst für Bayern München, Andi!“, spottete Bobby immer wieder lauthals.

Selber schuld, ich Depp! Hätte den Jungs auf der Toilette nicht erzählen sollen, wie man mich in der Tschechei als Bayern-Spieler gefeiert hatte.

Was aber das Bitterste war: bei jedem blöden Spruch von Bobby gackerten die Mädels vor Lachen. Katjas Lachen stach mir jedes Mal ins Hirn wie 'n Schiri-Pfiff. Und vor dem Tor die Schlammfalle! Wenn ich in diese stinkende matschige Pfütze reinschlitterte, dann würde hier richtig die Comedy abgehen. Also wich ich der Matschgrube elegant aus. Einmal übersprang ich die Pfütze sogar am Rand. Bis ich aber wieder gelandet war, hielt der Torwart schon das Leder.

„Bist du wasserscheu, Andi?“, brüllte Bobby.

Nach einer Weile war ich wegen der Mädchen, der Mulden, der Pfützen und Bobbys Sprüchen so nervös, dass ich einmal sogar den Ball nicht traf. Zu allem Überfluss bei 'nem Fallrückzieher!

Wenn du elegant hochspringst, einen halben Salto rückwärts schmeißt, und dann hart auf dem Arsch landest, ohne den Ball mit dem Fuß erwischt zu haben, ist das verdammt bitter für dich. Für die amüsierten Zuschauer dagegen süß.

Heute stieg hier echt die Gaudi! Dank Mr. Andi Bean! Bobby und die Mädels lachten bei meinen Aktionen, bis sie fast einen Leistenbruch bekamen. Sogar Harry, unser Abwehrspieler, wunderte sich. „Was für eine Show ziehst du hier heute ab, Mann?“, fragte er mich.

Zwei zu null für die 10b! Und schuld daran war der große Stürmer Andi. Nicht mal der dicke Michi konnte uns retten. Aber dann kam endlich die Chance, die Schlappe wieder auszubügeln. Die Hoffnung! Wie ein Schmetterling flatterte sie vor meinen Augen herum:

Harry hat nur noch einen gegnerischen Abwehrspieler vor sich, läuft rechts aufs Tor der 10b zu. Ich geb Gas wie beim Fünfzigmeterlauf. Plötzlich stehe ich ganz allein vor der Pfütze. Freilich noch ohne Ball. Dahinter nur der Torwart der 10b und das Tor. Harry passt mir den Ball zu. Der Verteidiger kann ihn nicht abwehren.

Jesses Maria! Der Ball steuert die Pfütze direkt an. Boah! Wenn ich in den Schlamm laufe, erwische ich den Ball voll mit dem linken Fuß! Los, Andi! Scheiß auf den Schlamm, scheiß auf die vermatschten Schuhe danach, los! Hau rein! Mit voller Wucht! Ja! Jetzt werdet ihr was erleben, Mädels! Andi, der Schlammbezwinger!

Ich nehme also Anlauf, springe mit dem rechten Fuß in die Mitte der Pfütze und schwinge den linken Fuß zum Schuss! Aaah! Der Kickimpuls dreht mich auf dem rutschigen Boden um 180 Grad, ich verfehle den Ball und stürze maulwärts in den Schlamm. Bauchlandung!

In einem letzten Verzweiflungsakt versuche ich, mich mit den Händen abzufedern, aber auch die rutschen weg und patsch! Meine Schnauze bohrt sich in die Pfütze rein. Der Schlamm spritzt, als wäre 'ne Bombe reingedonnert.

Jetzt kannst du dir keine Schande mehr holen, Mann! Rette nur, was zu retten ist! Ich springe auf, wie ein Monster aus dem Sumpf. Vom Schlamm geblendet schaue ich nach dem Ball. Wische mir die Augen schnell mit der Hand ab – auuh! – es brennt! Matsch fließt und tropft weiter von meinen Haaren in die Augen.

Wo ist der verdammte, Ball? Da! Durch den brennenden Schlammnebel auf den Pupillen sehe ich den Ball verschwommen links neben der Pfütze liegen. Die Pfütze hat ihn abgebremst. Mann, der Ball ist da! Noch ist nicht alles verloren!

Der Schatten des Torwarts fliegt auf den Ball zu. Ich hechte auch hin. Erwische den Ball vor dem Torwart. Dribbel, dribbel ... Wo ist der verdammte Ball wieder? Aha! Da unten! Etwas Graues! Ich springe hin. Jetzt muss das Leder nur ins leere Tor gekickt werden.

Aber wo ist das verdammte Tor? Der Schlamm blendet mich! Sehe nichts! Sicher dort! Da! Diese Richtung!

Mit aller Kraft donnere ich meinen linken Fuß in den Ball. Autsch! Das ist kein Ball! Das ist der scheiß Stahltorposten! Wie ein Wahnsinniger hüpfe ich auf dem Feld herum und brülle vor Schmerz.

Zum Glück war der Fuß wohl nicht gebrochen. Sonst hätte ich gar nicht auftreten können. Der Knöchel schwoll aber an und schmerzte! Die Mädchen kreischten und gackerten vor Lachen. Keine Gnade, was?

Erst Gott rettete mich vor der endgültigen Blamage, als er es vom Himmel herunterschiffen ließ und dabei mit den Zähnen knirschte, fluchte und zornige Blitze auf die Erde schmiss! Ein Sommersturm!

Alle liefen unters Dach hinterm Feld, das man hier früher mal auf vier Pfosten und ohne Wände gebaut hatte. Sogar zwei lange Bänke standen dort. Ich blieb unter der Himmelsdusche stehen, spülte meine Augen aus, und erst dann hinkte ich zu den anderen, unters Dach.

Doch alle wichen mir aus – Mädchen, Jungs, sogar Harry –, als ob ich Ebola hätte! „Boah, Mann! Du stinkst!"

Ich trug ja die Pisse aller Torwarte der letzten Tage an mir. So konnten die Neuperlacher aus ihren Hochhausfenstern beobachten, wie das Schlammmonster auf seinem Mountainbike mitten im Gewitter durch die ansonsten leeren Straßen jagte und hin und wieder vor Schmerzen aufschrie. So viel zu meinen Erfolgen bei den Mädchen. Andi, der Teufelskicker! Der Fuß schmerzte wie Hölle.

Steffi und der Einstein

Am Sonntag waren mein Fußknöchel und alles drum herum heftig angeschwollen. Ich versuchte, nicht vor meiner Mutter zu hinken – auweia! – damit sie nicht gleich mit ihrem Pendel, den heilenden Steinen und giftigen Heilpflanzen anrückte.

Am Montag humpelte ich heimlich zu unserem Orthopäden. Der Fuß und Knöchel waren zum Glück nur gestaucht – nichts gebrochen. Der Doktor bandagierte meine Organe und riss vor der jungen Schwester Witze über mich:

„Jetzt kannst du ein paar Tage lang nicht den Mädchen hinterherlaufen, Andi!"

Und gleich stand ihm die Schwester zur Seite mit ihrem: „Hi, hi, hi!"

Knallrot hörte ich mir den Mist an. „Fertig!", sagte der Doktor zum Glück irgendwann. „In zwei Wochen ist alles in Ordnung!"

Blöd, blöd! Würde doch nicht gleich mit Lilli Fußball spielen können, wenn sie aus Kiel kam. Egal! Dann mussten wir halt ein bisschen damit warten. Katja war auf jeden Fall, dank meines Fußballdebakels, mit

Lichtgeschwindigkeit aus meinem Hoffnungsplaner gerast. Die würde ich wohl nicht mehr einholen. Aber Lilli vielleicht?

In meiner Verzweiflung überklebte ich Katjas Poster in meinem Hirn mit dem von Lilli. Mit einem Mädchen, das ich zuletzt gesehen hatte, als sie mit sieben über meinen Pimmel gespöttelt hatte. Kein richtiges Mädchen – nur eine Erinnerung! Ein Trugbild, das ich mir selber gemalt habe. Echt manisch! „Lilli kommt, Lilli kommt!“ War das nicht krank?

Nach jedem noch so gebrechlichen Strohhalm in der Liebespfütze griff ich – auch wenn er vom Gewicht her nicht mal 'ne Mücke halten konnte. WIE KONNTE ICH LILLI BETÖREN? Ein Mädchen aus einer verdammt klugen Familie, mit einem Neurochirurgen als Vater ... Vielleicht ... Ja, vielleicht sollte ich 'nen Intelligenzler vor ihr rauskehren?

Diese Idee kam mir am Dienstag der letzten Schulwoche in Physik. Der Karsten, unser Physiklehrer, ist trocken wie ein Teufelsfurz. Zwar nicht so deppert wie Fritz, der Deutschlehrer, doch langweilig zum Totgähnen.

Doch an diesem Dienstag schwebte ein krasses Sexsubjekt in die Physikstunde rein. Steffi Liebl, die Aushilfslehrerin. Nur ein paar Jahre älter als wir und heiß wie 'ne Raketendüse.

„Ich bin die Vertretung für Herrn Karsten. Der ist krank“, sagte sie. Brisante Brüste! Die Augen eines Engels.

Meine Mutter sagt, solche Gedanken über Frauen seien sexistisch, doch ich denke diese Gedanken nicht, Mama! Sie passieren einfach, diese Bilder voller Qual.

Wie soll ich denken, wenn das ganze Blut aus meinem Hirn nach unten gesogen wird? Oder gibt es auch ein Stück Hirn im Schwanz? Im Darm soll es eine Menge davon geben, habe ich im Netz gelesen.

Steffis Blick bohrte mir sowieso 'nen Tunnel ins Hirn, der sofort mit diesem verfluchten Testosteron geflutet wurde. Zumindest fühlte es sich in meinem Hirn und Körper echt derb an. Bienen und Wespen: „Bssssssss!"

Klar vergaß ich Lilli, mein Traumbild, nicht ganz, doch in Steffi verknallte ich mich sofort. Was sollte das auch mit Lilli werden? Ein Schein, der trügt! Eine acht Jahre alte Erinnerung!

Steffi aber war kein Traum, kein Trugbild! Steffi war aus Fleisch und Blut! Knallhart fleischig! Mit ihren Glocken konnte sie als Covervorlage für Hell's Bells von AC/DC dienen. Und klug war sie! Meine Fresse! Die Physikformeln kamen ihr von den Lippen wie Küsse. Wenn sie nicht gerade von Einstein schwärmte, lächelte sie uns gnadenlos zu.

Harry bückte sich zu mir und flüsterte mir ins Ohr: „Ich wär gern ihr BH!"

Nach der Stunde sprangen er und die anderen Jungs um sie herum wie dressierte Affen: „Kann ich Ihnen die Unterlagen tragen?"

Boah! Harry, du Schuft! Doch ich war noch nicht so weit. Ich konnte Steffi noch nicht verführen. Womit auch? Hatte doch keine Ahnung von Physik!

Gleich nach der Schule fuhr ich mit der S-Bahn zum Gasteig, in die zentrale Stadtbibliothek, und lieh mir zwanzig Physikbücher aus. Wollte mir die volle Ladung geben, um Einstein zu werden und Steffi zu beeindrucken!

Blöderweise musste ich das alles in zwei Tagen durchlesen und lernen. Am Donnerstag sollten wir ja unsere letzte Physikstunde in diesem Schuljahr haben. Egal! Wenn ich der Steffi an diesem schicksalhaften letzten Donnerstag des Jahres all die ihr unbekannten Physikformeln um die Ohren knallte, würde sie bei mir in den Ferien vielleicht Nachhilfe nehmen.

Zuerst zeige ich dir aber, du quantenmechanisches Weltwunder, du Göttin mit den Newton-Äpfeln, du Supernova, du, was krasse Gravitation ist, wer bei uns in der Klasse die heißen Sterne am stärksten anzieht. Von wegen Unschärferelation! Ich war scharf wie Löwensenf!

Eigentlich wollte ich am Abend zum Steinsee radeln. Nach einer halben Stunde Schwimmen im Steinsee bist du einfach glücklich. Und voll schöner Abendträume.

Doch Steffi hat mich in so 'nen Rausch gekickt, dass mir Physik plötzlich sogar interessanter als das Wichsen vorkam. Ziemlich pervers, oder? Und wie viele Formeln es so auf der Welt gab! Alle wollte ich lernen. Um sie nicht gleich wieder zu vergessen, habe ich die Innenseite der Tür meines Kleiderschranks mit krassen Physikformeln bekritzelt. Damit sie mir sofort ins Hirn knallten, wenn ich den Schrank öffnete.

Leider zog am Donnerstag wieder der Trockenfurz Karsten in die Physikstunde ein. Steffi Liebl verschwand aus meinem Ereignishorizont noch schneller, als sie dort aufgetaucht war. Als ich nach der Schule heimkam und meinen Schrank aufmachte, haben mich die Physikformeln auf der Innenseite der Schranktür so angekotzt, dass ich sie mit einem Poster überkleben musste:

Rihanna in einem heißen weißen Rüschenhöschen und einem roten BH mit weißen Tupfen. Zwischen den Brüsten ein Halskettchen mit einer kleinen Goldknarre. Nicht übel! Bumm! Bumm!

Die Physik-Steffi war also weg. Lilli kehrte reumütig auf ihren alten Platz in meinem Hirn zurück. Langsam war's auch an der Zeit, mir neue Baggerattacken für Katja zu überlegen. Vielleicht würde da doch noch etwas gehen ...

Was meint ihr, Leute? Gibt es im Leben Wichtigeres als die Liebe? Den Tod zum Beispiel? Vor dem Tod hatte ich eigentlich keine große Angst, ich fürchtete nur, dass die Hoffnung irgendwann starb.

School's out

Am letzten Schultag sah ich morgens nur Christine unten in der Küche. Vater war ganz früh in die Berge abgehauen und Mutter schon nach Schwabing gefahren. Christine motzte rum, hatte wohl mal wieder ihre Tage.

Ich ließ sie in Ruhe und ballerte beim Frühstück lieber an meinem alten Nintendo rum. Um etwas Testosteron zu verbrennen. Als Christine los eierte, krallte ich mir eins von ihren *Mädchen*-Heften und blätterte darin.

Und wieder Pfiffe. „Der letzte Schultag, Alter!“, rief Harry von draußen.

„Schade!“, sagte ich. „Schon wieder diese Scheißferien!“

„Was hast du da?“

„Ah! Die *Mädchen*! Diese Zeitschrift.“

„Biste schwul?“

„Manchmal schon!“, sagte ich. „Quatsch, Mann! Ich bilde mich. Guck hier, die Geschichte von Laetizia. Eine Freundin hat an ihrem Handy heimlich Orgasmusklingeltöne eingestellt. Als sie in ’nem vollen Bus fuhren. Und gerade da wurde Laetizia von jemandem angerufen."

„Super Idee!", sagte Harry. „Bea lässt ihr Handy immer in ihrer Tasche liegen, wenn sie in die Pause geht. Und sie hat mir mal ihre PIN verraten!"

„Ach, du Scheiße!", sagte ich. Gott sei Dank hatte Harry kein Handy mehr. Ein schwacher Trost, zugegeben.

In der ersten Pause stand Bea auf und quetschte sich zwischen den Bänken durch, wie ein Vollzeitmodell. Wollte sich am Schulkiosk eine Butterbrezel holen. Ja, auch Göttinnen essen und trinken. Vielleicht gibt's bei ihnen auch die anderen Bedürfnisse? Testosteronbedingte und so?

Kaum war Bea davongeschwebt, stürzte sich Harry auf ihre Tasche und fing an, an ihrem Handy rumzufummeln. Was kam da auf uns zu? Ich schiss mir beinah in die Hose vor Angst, machte aber einen auf cool, als Harry sich wieder neben mich in die Bank hockte.

Die Schulglocke trieb die Klein in die Klasse. Die Lehrerin versuchte, uns neben Bio auch Chemie beizubringen. Mit mäßigem Erfolg muss ich dazu sagen.

„Gib mir mal dein Handy!", sagte Harry zu mir, als wir anfingen, Dreisatzaufgaben zu rechnen, und es in der Klasse ganz ruhig wurde. „Ich hab Beas Handy eingeschaltet gelassen und auf laut gestellt."

Darauf war ich aber schon vorbereitet. „Hab's zu Hause vergessen!", sagte ich.

„Verfickt!", sagte Harry. „Nach der Klein kommt Fritz. Wenn ich bei ihm die Aktion mit Bea starte, bekommt der Neurodermitis. In der Pause stellt Bea sowieso fest, dass ihr Handy eingeschaltet ist."

„Dann lass es halt!", sagte ich. Zu spät. Irgendein Engel hatte seine Göttin angerufen. Von Beas Bank aus schallten plötzlich derbe Orgasmusschreie und Seufzer durch die Klasse. Krass authentisch! Und volle Pulle!

Die ganze Klasse samt Lehrerin drehte sich zu Bea. Die guckte wie gehetzt um sich, dann krallte sie sich ihre Tasche und kramte darin, nahm ihr Handy raus und klick! Mit vor Wut verzerrtem Gesicht stand sie auf. Oh, shit! Die Göttin des Gemetzels!

Sie stemmte die Hände in die Seiten und brüllte Harry an: „Ich bringe dich um!" Dann stürzte sie sich auf ihn und streckte ihn mit 'ner sauberen Ohrwatsche zu Boden.

Einige Minuten lang versuchten wir, Harry zu beleben, und redeten dann bis zum Ende der Stunde mit der Klein über gute Sitten und gewaltfreie Konfliktbewältigung. Die Klein ist halt in Ordnung. Mit dem Fritz wäre der Gig viel derber abgegangen.

Doktorspiele und Pornodancing

Der Fritz gab uns gleich am Anfang der Deutschstunde eine lange Leseliste. Schlimmer als die Einkaufszettel meiner Mutter! Das sollten wir in den Ferien alles lesen? Alle Autoren auf der Liste waren schon irre lang tot. Darf man überhaupt ein Buch von so 'nem Typen aufschlagen? Ist das nicht Grabschändung?

„Was kannst du mit sechzehn groß lesen?", sagte Harry. „Vor lauter Wichsen kommst du doch zu gar nichts."

Ansonsten ist am letzten Schultag aber nichts Krasses passiert. Nach der Schule schleppten Harry und ich unseren ganzen Kram nach Hause. Die Lehrer hatten panisch jedes Schriftstück von uns loswerden wollen, damit sie in den Ferien nicht von Alpträumen geplagt wurden. Mein Fuß war nicht mehr so angeschwollen, schmerzte aber noch. Ich hinkte Harry mit der schweren Last hinterher.

„Wann kommt diese Krankenschwester zu euch?“, fragte Harry. „Mit der du im Schwarzwald Doktor gespielt hast?“

„Lilli?“, sagte ich. „Morgen! Scheiße!“

„Keine Angst!“, sagte Harry. „Das kriegst du schon hin! Boah! Die Hitze ist unerträglich!“ Wir zogen unsere T-Shirts aus und stopften sie in die Rucksäcke. Trotzdem schwitzten wir weiter wie die Schweine.

„Die globale Erderwärmung lässt grüßen!“, sagte Harry und keuchte.

„Ich geh zu Hause gleich unter die kalte Dusche!“, sagte ich. „Kommst du mit zu uns?“

„Ist Christine zu Hause?“

„Nö, du Spanner! Sie lernt bei ihrem Stecher fürs Abi! Bei uns ist am Freitagnachmittag keiner im Haus. Vater wandert mit seinem Saufprofessor in den Alpen und Mutter hilft bei einer Freundin aus.“

„Kann ich bei euch auch duschen?“

Wir trabten ins Haus. „Still wie in der Kirche!“, sagte Harry. „So kenne ich die Bude gar nicht!“

Wir hauten unsere Rucksäcke und die anderen Sachen vor die Treppe und flitzten ins Bad. Wohlig wanden wir uns abwechselnd unter dem kalten Wasserstrahl und blödelten dabei etwas rum.

„Warum jammerst du immer, dass du so ’n kleines Ding hast?“, fragte Harry. „Meiner ist auch nicht größer.“

„Soll’n wir messen?“

„Klar!“ Auf der Waschmaschine lag zufällig ein Lineal. Echt ganz zufällig! Glaubt's mir, Leute! Ha! Unsere Pimmel waren wirklich gleich lang.

„Vielleicht ist deiner sogar länger als meiner, wenn er steht?“, sagte Harry. So rubbelten wir etwas und maßen unsere Ständer. Auch gleich.

„Yogis können ziemlich große Gewichte am Pimmel tragen“, sagte Harry.

„Ich kann eine Gießkanne dran tragen!“, sagte ich und haute mir die Plastikkanne zum Blumengießen auf den stehenden Schwengel. Tätärätä!

Harry hängte sich Christines Kosmetiktasche dran, und wir marschierten aus dem Badezimmer. „Hey, hey, gib's mir, Baby! Hey, hey, gib's mir!“

Wir brüllten beide unseren neuen Song und marschierten zum Spiegel im Flur: „Hey, hey, gib's mir, Baby! Hey, hey, gib's mir!“

Wir guckten uns im Spiegel an: ich mit der Kanne an meinem Ständer, Harry mit Christines Kosmetiktasche.

„Soll'ma uns so abblitzen?“, fragte ich.

„Wäre sicher ein lustiges Foto“, sagte Harry.

Wir marschierten mit der Kanne und der Kosmetiktasche an unseren Pimmeln ins Wohnzimmer, um Mutters Digitalkamera zu holen, und brüllten weiter unseren Song: „Hey, hey, gib's mir, Baby! Hey, hey, gib's mir!“

Die Kamera liegt normalerweise im Regal über der Glotze. Wir trotteten dahin und schwenkten im Rhythmus des Songs unsere nackten Ärsche wie Hula-Hula-Tänzerinnen.

Ich konnte tanzen vor lauter Testosteron. Mein schmerzender Fuß wie vergessen. Die Kanne und die Kosmetiktasche immer hoch in der Luft. Der Pimmelkran! „Hey, hey, gib's mir, Baby! Hey, hey, gib's mir!"

Ein Filmregisseur klappte die Filmklappe zu und brüllte: „Action!"

Ich packe die Kamera, hole noch mal tief Luft, um so richtig loszubrüllen, Harry hinter mir wohl auch, da höre ich in der so kurz entstandenen Stille plötzlich ein „Ähmm, ähmm", aus der Ecke, in der das Sofa steht, und gleich danach ein „hüstel, hüstel ..."

Nackt wie ich bin, mit der Kamera in der Hand, und der Gießkanne an meinem Ständer, drehe ich mich um und schiebe ganz schnell unseren neuen Song wieder zurück in den Schlund. Ich starre nur. Harry inzwischen auch!

Auf dem Sofa hockt ein blonder Engel mit Zöpfen und mit einem Buch in der Hand. Statt zu lesen, guckt sie uns aber an. Wir sind ja interessanter als ein Buch.

Sie steht vom Sofa auf und kommt auf uns zu. „Ich bin Lilli!", sagt sie. „Hey, Andi! Du bist seit damals ganz schön gewachsen! Erinnerst du dich noch an mich?"

Ach, du Scheiße!

„Kl...ar!", stammele ich hervor, reiße die Kanne von meinem Pimmel runter und stecke ihn hinein. Auch Harry zögert nicht, haut seinen Ständer in die Kosmetiktasche und wir beide hopp, hopp in Känguru-Schritten zur Wohnzimmertür.

Verdammt! Harry und ich kommen uns in die Quere, stürzen zu Boden, doch wie Hirsche springen wir sofort auf und jagen hinaus.

Gleich im Flur sind unsere Ständer flöten gegangen. Wir hüpften ins Badezimmer und kämpften uns schnell in unsere Shorts rein.

„War das deine Krankenschwester aus Kiel?", fragte Harry.

„Ja! Scheiße verdammte!", kreischte ich. „Wir machen halt bei den Doktorspielen weiter, wo wir aufgehört haben."

„Das waren keine Doktorspiele mehr, Alter!", sagte Harry. „Das war Pornodancing!"

Und da bekamen wir beide 'nen Lachkrampf, bis wir vor lauter Lachen mit den Köpfen an den Wäschekorb trommelten. Mann! Jetzt hab ich's wohl bei allen Mädels verschissen!

Lilli

Bis zum nächsten Tag blieb ich oben, spielte am PC Guitar Hero und überlegte, ob ich nicht bei der Fremdenlegion anheuern sollte. Oder für immer in meinem Zimmer bleiben. Zumindest bis Lilli wieder abreiste. Ich hätte mir auch das Essen nach oben bringen lassen und sagen können, dass mich die Globalisierung krank machte und ich mich nicht traute, nach draußen zu gehen.

Im Web hatte mal was über japanische Jugendliche gestanden, die ihr Zimmer jahrelang nicht verließen.

Ach, lieber nicht! Schon bei der Erwähnung einer solchen Krankheit würde Mama die Wände hier mit Alufolie tapezieren und mir überm Bett eine Drahtpyramide bauen, damit mich die negativen Wellen der globalisierten Gesellschaft nicht störten.

Und mein Zimmer würde zu einem Schamanenlager werden. Mit irgendwelchen Verrückten, die um mich herum hüpfen würden:

„Fahr aus dem Jungen hinaus, Satan!" Und schwupp, schon würden schwarze Käfer aus meinem Mund krabbeln! Brrr!

Andererseits: Wie konnte ich mich nach der Aktion mit der Gießkanne an meinem Ständer wieder vor Lilli blicken lassen? Und warum war sie eigentlich einen Tag früher als geplant hier aufgetaucht, verdammt?

„Ich hab ganz vergessen, dir zu sagen, dass Lilli schon am Freitag kommt", sagte Mutter am Samstag beim Frühstück. „Hast du sie schon begrüßt?"

„Mit der stehenden Fahne!", wollte ich sagen, hielt aber lieber den Mund, weil Lilli gerade in die Küche hineinschwebte. Wieder mit einem Buch in der Hand. Eine Intellektuelle! Doch in ihrem orangen T-Shirt schaute sie eher wie 'ne krasse Holländerin aus – die zwei Apfelsinen lagen appetitlich im Korb ihres großen Ausschnitts. Als wollte sie mir den Todesstoß geben!

„Guten Morgen!", brummte ich in meine Honigbrote.

„Das ist Andi!", sagte Mutter, blickte zu mir und erstarrte. „Du bist ganz rot, Andi! Eine Energieblockade!"

Sie sprang auf und fing an, mich mit ihren Fingern zu beklopfen. Ich wand mich unter ihrem Griff wie ein Aal.

„Hör auf, Mutter!"

„Was machst du mit ihm, Tante?", fragte Lilli.

„Durch das Beklopfen bestimmter Meridianpunkte werden Energieblockaden gelöst und die Energie kann wieder frei fließen."

„Quatsch!", sagte Lilli. „Es gibt keine Meridianpunkte!"

Das machte Mutter sprachlos. Plötzlich wurde ihr wohl bewusst, dass sie einen Kuckuck in ihr Nest gelassen hatte – die Tochter eines Wissenschaftlers, der für alles Esoterische und Okkulte nur Spott übrig hatte.

„Ach, Kind!“, sagte Mutter.

Vater kam herein, blätterte in einem Buch und protzte damit: „*Die Verwandlung* von Franz Kafka! Die Titelauflage. Hab gar nicht gewusst, dass ich das habe. Ein Sammler würde dafür sicher ein paar Tausend Euro zahlen!“

„Dann finde den!“, sagte Mutter. „Wir schulden dem Finanzamt ein paar Tausend Euro. Ich weiß nicht, wie ich das Geld auftreiben soll. Wenn du nicht bald etwas verdienst, müssen wir das Haus aufgeben. Langsam habe ich das Gefühl, dass ich mehr Steuern zahle, als ich Geld verdiene. Gestern hab ich beim Finanzamt angerufen und den Beamten dort angebettelt, ob ich die Vorsteuer erst im September zahlen könnte, und da sagt mir der Typ, wenn wir bis Ende des Monats nicht zahlen, müsse er Maßnahmen ergreifen. Ja, wo sind wir denn? Ein junger Bursche kann jetzt Maßnahmen ergreifen und eine ganze Familie in den Ruin treiben! Bald bekomme ich von denen über das vorletzte Jahr Bescheid. Verkauf ein paar von deinen verfluchten Büchern, bevor wir bei der Münchner Tafel für Suppe anstehen müssen!“

Klar würde Vater sich nie von einem seiner Bücher trennen. „Ich bin kein Händler mit alten Büchern“, brummte er verlegen. „Ich kenne keine Sammler!“

Er versuchte, Mutter einen Guten-Morgen-Kuss auf die Backe zu geben, aber sie zuckte weg. Jede Berührung von meinem Vater versetzte Mutter in Panik. Vater hat’s wohl immer noch nicht gecheckt.

So was von unsensibel! Sex hatten die sicher schon lange keinen mehr. Nach vierzig hockst du als Mann wohl wieder in der Wichsfalle. Die Frauen kommunizieren mit ihren Engeln und die Männer glotzen blöd drein – oder Fußball halt. Nach vierzig muss wohl der Fußball wieder mal die Testosteronverbrennungsanlage spielen – diesmal aber nur in der Glotze. Wäre bei mir echt an der Zeit, die Jahre bis vierzig mit Kuscheleinheiten zu füllen.

„Na, gut geschlafen?", fragte Vater Mutter.

„Besser als du!", sagte sie und verschwand in ihrer Praxis.

Vater holte sich etwas Kaffee und schlurfte zurück in sein Zimmer. Gitarre spielen? Nö! Gleich lief er an mir vorbei in den Keller. Zehn Minuten später schleppte er eine Bananenkiste mit alten Büchern in sein Zimmer. Er würde jetzt uralte Schinken streicheln und sie verliebt angucken. Typischer Fall von Realitätsverlust. Mir war endgültig klar, dass du als Lusche und Bücherwurm ohne Kohle bei den Frauen keine Chance hast.

Trotzdem verhielt ich mich auch wie eine. Ich hob die Augen und sah, wie Lilli mich erwartungsvoll anguckte. Sofort starrte ich wieder in den Teller und stopfte mir zur Sicherheit das ganze Honigbrot in den Mund, um nicht reden zu müssen.

„Danke für die schöne Begrüßung gestern!", sagte Lilli. „War das ein heidnisches Fruchtbarkeitsritual, oder was? Mein Vater hat gemeint, dass ihr ziemlich alternativ seid, aber so heftig hab ich's mir doch nicht vorgestellt."

Oh, Gott, oh, Gott! Mann! Was würde ich jetzt für einen knallhart coolen Spruch geben. Doch mir fiel nichts ein, verdammt! Nur meine Honigbrote!

So murmelte ich mit vollem Mund etwas Undefinierbares und stopfte mir ein zweites Brot in den Mund. Meine Backen brannten, als hätte man sie gebügelt. Vielleicht sollte ich mir die Honigbrote auf die Backen kleben, damit sie nicht sah, wie rot ich war.

Zum Glück hüpfte Christine mit ihrem morgendlichen „tralala" hinein. Christine will fürs Supertalent bei dem Peinlichpapst Bohlen casten und jammert uns manchmal die Bude voll, wenn ich ihr etwas Wahres über ihre Gesangskunst sage. Zum Beispiel, dass sie statt fürs Supertalent für Das Leben auf dem Bauernhof casten sollte, weil sie besser als jede Kuh singt. Na, ja ... Vielleicht beschert sie dem Bohlen einen Nervenzusammenbruch, damit wir vor dem Schleimer endlich Ruhe haben. Schleimer sind Typen, die Schwache fertig machen. Für den Fall, dass ihr das noch nicht wisst.

„Was liest du da Schönes?", fragte Christine Lilli.

„Biss zum Morgengrauen", sagte Lilli.

Aha! Habt ihr gemerkt, dass wir endlich bei den Vampiren angelangt sind?

„Ist das gut?", fragte Christine.

„Super!", sagte Lilli. „Da ist so ein toller Typ drin, ein Vampir ... Wahnsinn! Alle Mädchen bei uns in der Klasse sind in den verknallt!"

Ich spitzte sofort die Ohren. Ein toller Typ? In den alle Mädels verknallt waren? Das Buch musste ich mir besorgen! Ich wollte ja unbedingt erfahren, wie sich ein toller Typ anstellen sollte.

„Wann bist du fertig damit?“, fragte Christine.

„Ich kann's dir gleich ausleihen!“, sagte Lilli. „Ich lese es schon zum dritten Mal! Was hast du da? Die *Bravo*?“

„Nee!“, sagte Christine. „Die *Mädchen!*“ Sie hockte sich an den Tisch und blätterte in der Zeitschrift. Plötzlich lachte sie laut auf.

„Was Lustiges?“, fragte Lilli.

„Eher traurig!“, sagte Christine. „Ein Mädchen wollte ihrem Freund das Kondom überrollen, doch da fing seine Gurke an zu schrumpfen. Jetzt fragt sie diese Kummertante, die Gabi, wie sie sich in solchen Fällen verhalten soll.“

„Die Jungs machen viel zu viel Wirbel um ihre Gurken“, sagte Lilli. „Je kleiner das Ding, umso größer die Gedanken!“

Ich packte meinen Kaffee und flüchtete humpelnd nach oben in mein Zimmer. Beleidigen lassen musste ich mich nicht, oder?

Na wartet! Der Spott wird euch noch leidtun, wenn ich mal ein toller Typ bin. Gleich am Montag würde ich Lillis Buch auftreiben, um das Wesen des tollen Typs zu studieren. Und dann passt auf, Mädels! Dann werdet ihr krass geflutet, wenn Andi, der tolle Hecht, angeschwommen kommt!

♥

„Andi!“, rief Mutter am Sonntag von unten.

„Ja?“

„Hast du meine Blutegel gesehen?“

„Wozu brauchst du Blutegel, Tante?“, fragte unten Lilli. Klugerweise ist Mutter nicht drauf eingegangen.

„Komm nach unten, Andi!“, rief sie. „Du musst Lilli deine Laufstrecke im Wald zeigen.“

Mutter ging in den Garten. Aus Vaters Zimmer hörte ich seine Gitarre. Ich humpelte die Treppe runter.

Lilli stand in einem roten Adidas-Jogginganzug mit drei weißen Streifen im Flur. Als sei sie die rote Zwillingsschwester der grünadidasigen Katja. Nur viel auffälliger als Katja. In knalliges Rot verpackt, wie ein schönes Geburtstagsgeschenk. Leider bekam ich nie was Gescheites zum Geburtstag.

„Zeigst du mir den Weg?“, fragte sie.

„Ich kann nicht laufen!“, sagte ich. Sie guckte mich an, ich beglotzte den Boden, als ob da was Interessanteres ablief als ein Mädchen, das zum Schwitzen bereit war. „Hab mir beim Fußball den Knöchel verstaucht.“

„Schade!“, sagte Lilli. „Kannst du mir erklären, wo ich herlaufen soll?“

Und da kam mir eine geniale Idee. „Ich kann mit dem Fahrrad vorfahren“, sagte ich. Mann! Ich war doch nicht so blöd, wie ich gedacht hatte.

„Super!“, sagte Lilli. „Zeig mir mal den Fuß!“ Sie kniete sich zu meinem Knöchel hin, und ich glotzte plötzlich von oben in ihr T-Shirt. Huch! Schnell weggucken, sonst kriegt sie gleich meine Keule auf die Stirn.

„Du musst den Fuß immer hochlegen, wenn du im Bett bist“, sagte Lilli. „Einen Kompressionsverband hast du ja schon. Hmm ... Das riecht nach einer heparinhaltigen Salbe. Mobilat, oder? Die solltest du in den ersten Tagen nach der Verstauchung nicht auf den

Knöchel schmieren. Mobilat ist gerinnungshemmend und verstärkt nur den Bluterguss."

„Woher weißt du das?", fragte ich.

Lilli lachte: „Ich bin die Tochter eines Mediziners. Ich weiß alles über deinen Körper!"

Aha? Was wollte sie damit sagen? Ich humpelte los, um das Fahrrad zu holen.

Draußen lachte die Sonne, als sei das Leben ein lustiger Film. Garik war heute entweder auf Hasenjagd oder hatte sich in seine Bude verkrochen. Ich wollte schon pfeifen, damit er antrottete und ich ihn Lilli vorstellen konnte. Aber irgendetwas brachte mich davon ab – ein Gefühl, als hätte ich plötzlich etwas in der Zukunft erblickt!

Hey! Spielte ich langsam verrückt, wie meine Mutter? In die Zukunft sehen? Was sollte das? Warum sollte Lilli nicht wissen, dass ich mit Garik befreundet war? Das Testosteron ätzte wohl langsam meine Gehirnzellen weg.

Oder ich wurde von dem vielen Wichsen langsam deppert. Immerhin hatte uns der Pfarrer in der Achten erzählt, dass Masturbation zu Gehirnerweichung führe. Höchste Zeit, dass sich jemand in mich verknallte. Doch das kam mir unwahrscheinlicher vor als die Unbefleckte Empfängnis.

Statt weiter zu philosophieren, trat ich in die Pedale meines Mountainbikes und führte Lilli auf meinem Joggingpfad durch den Truderinger Wald. Die ganze Zeit nur einen Gedanken im Kopf: Halt an, Mann, und frag sie, ob sie nicht 'ne Pause machen will. Dann könnt ihr euch dort auf die Stämme hocken ... oder gleich hinlegen.

Alter! Ich kannte den Wald in- und auswendig. Jedes Blatt dieses verdammten Waldes kannte ich – jedes versteckte Plätzchen, an dem du mit dem Mädchen deiner Träume Säfte austauschen konntest. Dort würden wir dann richtig über Medizin reden, hä, hä, hä ...

Doch ich trat weiter in die Pedale und verfluchte mich und meine Schüchternheit beim anderen Geschlecht. Die hatte ich sicher von meinem Vater geerbt. Bobby würde mit ihr schon auf weichem Moos liegen und ihr seine schwulen Geschichten ins Ohr flüstern. Und ich! Eine Null! Andi, der Versager!

Klar konnte ich auch meine üblichen Spinnereien nicht lassen. Wir waren gerade am Kieswerk. Links von uns der steile Abhang des ausgebaggerten Tals, ein Stück weiter der kleine Baggersee. Lilli hinter mir her.

Ich guckte mich immer wieder um, damit ich ihr auf dem Fahrrad nicht davon düste, und bei einem Dreher machte es flupp und: „Aaaaaaah!" Schon schlitterte ich aus dem engen Pfad raus und raste die Kiesgrube runter.

Der Hang war zu steil, um darauf abzubremsen, ich war froh, mich überhaupt auf dem Fahrrad zu halten, und so schoss ich wie 'ne Bombe unten in die Büsche, wo ich einen kleinen Salto mortale vollführte. Und BUMM!

Ach, du Scheiße! Lebte ich noch? Ich rappelte mich mit dem Fahrrad aus dem Busch. Lilli stand oben auf dem Pfad und guckte mir verdutzt nach. Noch vor ein paar Sekunden war ich seelenruhig vor ihr gefahren und plötzlich knallte ich los wie eine lebende Kanonenkugel.

„Was war das?“, rief sie nach unten. Die Weiber müssen die Welt aber auch immer bis ins Detail verstehen!

„Im Busch hat ein Bär gelauert!“, wollte ich rufen. „Musste ihn verjagen!“ Na, das wäre zumindest der Hauch eines coolen Spruchs! „Bin vom Weg gekommen!“, murmelte ich stattdessen schüchtern vor mich hin. Langweiler halt! Ich schob das Fahrrad ein Stück weiter, wo der Hang nicht so steil war, und kletterte wieder hinauf.

„Vor mir musst du nicht so angeben!“, sagte Lilli. „Ich glaub dir auch so, dass du Fahrrad fahren kannst!“

Mann, oh, Mann! Wieder mal war sie cooler drauf als ich.

Nach diesem Ritt hockte ich mich wieder in mein Zimmer, spielte Gitarre und kam mir vor wie dieser Jammerlappen von meinem Vater, der unten an den Saiten rumzupfte, statt dem Leben die Stirn zu bieten.

Ach, zur Hölle mit der Musik! Besser den Rechner anschmeißen. Die Mailbox wieder zugebombt. Einige Leute wollten mir beibringen, wie ich wie ein Weltmeister ficken konnte, blonde Sexbomben wollten mir unbedingt ihre Pussy zeigen, man bot mir Viagra an und versprach, meine Potenzprobleme zu beheben: „Is your penis small?“ – glaube schon, musste ich zugeben, aber Potenzprobleme habe ich keine. Eher das Gegenteil! Ich laufe mit ’nem Dauerständer rum!

Dabei lockte mich direkt unter mir, nur ein Stockwerk tiefer, die hübscheste Meerfrau der Welt in ihre paradiesische Lagune. Ich schlich mich auf die Treppe, um vor dem Schlafengehen noch mal ihre Stimme zu hören.

„Mit Reiki habe ich schon viele Patienten geheilt!“, sagte Mutter unten gerade zu Lilli.

„Was ist Reiki?“, fragte Lilli.

„Bei Reiki wird universelle Energie von einem Menschen auf einen anderen übertragen! Reiki ist der japanische Begriff für göttliche Energie.“

„Ich glaube nicht an Gott“, sagte Lilli. Mann! War das Mädchen brutal! So was meiner Mutter ins Gesicht zu sagen. Und das mitten in Bayern!

„Jeder glaubt an etwas!“, sagte Mutter. Typisch! Wenn die Erwachsenen nicht weiter wissen, sagen sie irgendeinen Quatsch, auf den du nicht antworten kannst.

„Sigmund Freud hat gemeint, dass Religion mit einer Kindheitsneurose vergleichbar ist“, sagte Lilli.

„Ach, Mädchen! Mit sechzehn bist du noch zu jung für Sigmund Freud!“

„Mein Vater sagt, dass man für Bildung nie zu jung ist!“

Mann! Sie gab unserer Mutter aber krass die Tropfen! Bei Lilli sollte mein Vater in die Lehre gehen. Wie konnte ich diese geniale Frau je anbaggern? Zurück in meinem Zimmer holte ich noch mal die Gitarre raus. Ein kleiner Song gefällig? Über meine Mutter und Lilli und Sigmund Freud. Und mich:

Warum haben bloß die Wale
Nie Komplexe, ödipale?
Das ist eine kluge Frage
Sie beschreibt gut unsre Lage
Der Wal ist kein Hominide
Und somit ziemlich solide

Wale haben nicht Sigmund Freud
Wale sind nicht wie die Leut
Wie du und ich

Der tolle Typ

Am Montag radelte ich mit Harry in die Stadtbibliothek. Garik bellte uns vom Zaun aus glücklich entgegen. Wir fütterten ihn mit Mutters Bioschinken, was Garik aber scheißegal war. Hauptsache Fleisch! Zum Schluss zeigte ich Garik wieder die Fingergabel, er haute sich auf den Rücken, und ich kraulte ihn durch. „Ein Stück tiefer, verdammt!", bettelten seine Hundeaugen. Ich zeigte kein Mitleid. Ich hatte's ja auch nicht viel besser als er.

„Haben unsere Schwänze deiner Krankenschwester gefallen?", fragte Harry. „Mann, ich hab mich die halbe Nacht schlapp gelacht."

„Keine Ahnung!", sagte ich, doch bei der Erinnerung an unseren Auftritt am Freitag kribbelte es in meinen Darmneuronen. Wenn ich nur diese Peinlichkeit vergessen könnte! Das Büchereigebäude tauchte zwischen dem Grau der Betonklötze auf.

Harry hielt im Unterschied zu meinem Vater nicht allzu viel von Büchern, vielleicht waren wir deswegen so gut befreundet. Dank meines Vaters gingen auch mir Bücher langsam auf den Sack. Jetzt wollte ich aber eine Ausnahme machen.

Harry hockte sich an den Comicstand. „Schade, dass man hier keine Pornocomics führt“, sagte er, „das haben wir Jugendlichen echt dringend nötig.“

Für mich stand zum Glück ein Exemplar von „Biss zum Morgengrauen“ im Regal. Von Stephenie Meyer, einer Frau also. Nun würde ich aus erster Hand erfahren, was ich machen musste, um von Frauen als toller Typ angesehen zu werden. Die Leselust packte mich! Trotz meines Bücher fressenden Vaters! „Sehen wir uns am Nachmittag?“, fragte ich Harry.

„Bobby, die Mädchen und die anderen Jungs kommen zum Bolzplatz!“, sagte Harry. „Deine Show bei unserem letzten Fußballspiel hat den Mädels übrigens am besten von allem gefallen.“

„Willst du mich verarschen?“, fragte ich und kurbelte ein bisschen mit dem Fuß rum. „Der Knöchel schmerzt nicht mehr so sehr. Auch die Schwellung geht weg. Ich muss aber wohl noch ein paar Tage warten, bis ich spielen kann.“

„Dann guckst du halt zu und belaberst gemeinsam mit Bobby die Mädels!“ Das schien mir keine gute Idee zu sein, aber ich versprach zu kommen.

♥

In der Küche hockte nur mein Vater. Lilli war wieder am Joggen. Was für ein Mädchen! Eine heiße Sportlerin. Und zu allem Überfluss so klug! Ach, was! Klug? Genial!

„Was hast du dir in der Bibliothek ausgeliehen?", fragte Papa. Vor ihm kannst du kein Buch verstecken. Ich ging gleich in die Vollen. Vielleicht sollte mein Vater auch lernen, wie sich ein toller Typ anzustellen hat. Damit er meine Mutter wieder verführen konnte:

„Ein Buch über einen super Typen!", sagte ich. „Alle Frauen fahren auf den ab!"

„Weißt du, Andi", sagte Papa, „bleib wie du bist: anständig und bescheiden! Das gefällt jeder Frau. Wenn du einer Frau etwas vorspielen willst, spürt sie das sofort!"

Aber da hatte ich meine Zweifel. Mein Vater hat sich meiner Mutter gegenüber so bescheiden und anständig verhalten, dass sie mit ihm nichts mehr zu tun haben wollte.

Ach, was soll's! Dann würde ich eben allein lernen. Ich schlüpfte in meinem Zimmer in die Falle und schlug das Buch auf. Doch Edward, der Vampir, hat mich echt nicht überzeugt. So was von humorlos! Einen dermaßen rechthaberischen Angeber, Besserwisser und Klugscheißer, der die Heldin Bella nur belehrt und zurechtstutzt, hatte ich noch nie erlebt. Hey, Alter! Flogen Frauen echt auf solche Kotzbrocken?

Na, klar! Bobby hatte damit doch auch massiv Erfolg! Angeben und Protzen – wie ich das hasste! Ich wollte nicht ständig jemandem erzählen, dass ich alles besser wusste. Ich hatte ja keine Ahnung von nichts. Und wollte dazu stehen! Genau wie mein Vater. Ich hatte so wenig Ahnung, dass ich noch am selben Nachmittag den größten Fehler meines Lebens machte.

„Kommst du mit zum Bolzplatz?“, fragte ich Lilli um vier. Hab sie dabei sogar angeguckt, und auch meine Stimme zitterte nicht mehr. Vielleicht hatte ich von dem Vampirangeber doch was gelernt.

„Gern!“, sagte Lilli.

Der Fehler wurde mir erst klar, als wir am Bolzplatz ankamen. Bobby stand auf, packte Lillis Hand und sagte: „Ich bin Bobby! Glaubst du an Magie?“

„Nööö!“, stotterte Lilli echt überrascht hervor.

„Dann schauen wir mal!“, sagte Bobby und fuhr mit seinem Finger über ihre Handfläche. „Da haben wir‘s! Eine starke Weisheitslinie. Deswegen glaubst du nicht an Magie. Du kommst aus einer aufgeklärten Familie. Dein Vater ... Ist dein Vater Wissenschaftler? Nein, nein, sag nichts! Dein Vater ist ein Arzt. Gehirnchirurg?“

Lilli lächelte etwas verunsichert. „Andi hat dir sicher von mir erzählt?“

„Nööö!“ Bobby grinste und warf einen Blick zu mir.

Auch Lilli guckte mich an.

„Nein!“, sagte ich. „Ich hab ihm nichts von dir erzählt!“ Was hätte ich ihr auch sonst sagen sollen, verdammt? Dass ich ihm in der Zeit, als Bobby noch mein bester Freund war, bevor wir uns wegen meiner Mutter die Köpfe eingeschlagen haben, von unseren Doktorspielen im Schwarzwald vorgeschwärmt und über Lillis Möse philosophiert habe?

„Nein, wirklich nicht“, bekräftigte ich noch mal. Bobby grinste und zwinkerte mir hinter ihrem Rücken zu. In diesem Augenblick fing Lilli wohl an, an Magie zu glauben. Und ich an die Verarschung: Lügen, Tricksen, Betrügen!

Die Jungs spielten Fußball. Alle Mädchen waren da, sogar Katja, doch Katja interessierte mich seit dem letzten Freitag nicht die Bohne: Ich hatte nur Augen für Lilli. Die hockte am Spielfeldrand zwischen mir und Bobby und lachte unentwegt, leider nicht über meine Witze, denn ich hatte keine auf Lager.

Mann! Spielten die Jungs heute aber lahmarschig! Sollte ich nicht doch meinen Fuß testen und mitmachen? Plötzlich aber ging doch etwas Action am Bolzplatz ab: Ein großer weißer Schmetterling ließ sich am Spielfeldrand nieder.

Wie immer auf Distanz, ein paar Meter von uns entfernt – zart, weiß und nahezu leblos in ihrer Haltung saß Bea in einem weißen Minirock und einer weißen Bluse mit goldbestickter Sonne auf der Brust.

Starr guckte sie vor sich hin, beachtete uns nicht. Unser Schneewittchen! Was konnte sie zum Leben erwecken? Kalt und schaurig schön! Penibel schön! Sogar eine kleine Isomatte hatte sie mitgebracht, um den weißen Rock nicht zu beschmutzen.

Die Jungs auf dem Bolzplatz liefen hin und her. Harry, wie immer in der Abwehr, winkte Bea zu, sie kannten sich ja seit dem Kindergarten, schüchtern winkte sie ihm zurück. Nach einem Weilchen stand Bea auf und schritt vorsichtig und langsam zwischen den Grasbüscheln hindurch, als würden ein paar Zwerge ihre Hochzeitsschleppe hinter ihr hertragen. Schneewittchen eben.

Erst als sie hinter dem Tor der 10b ankam, entdeckte ich die Gefahr, doch es war bereits zu spät – gerade lief Harry genau auf dieses Tor zu, allein mit dem Ball, vor ihm nur der Torwart und die Pfütze – der Schlammpfuhl meines peinlichen Auftritts hier vor einer Woche.

Auch Harry war heute nicht auf Dribbeln aus. Ohne lange zu fackeln, ballerte er das Leder in den rechten oberen Torwinkel – Tor! – und sprang hoch. Noch im Banne seines Impulses wollte er die Matschpfütze überspringen, schaffte es aber nicht. So landete er mittendrin, brüllte „aaaah!“, und schaufelte mit dem linken Fuß einen Eimer schwarzen stinkenden Schlamm hoch und patsch! – die Ladung traf Bea frontal, die sich kurz davor zu Harry gedreht hatte, um seinen Sturm mitzukriegen.

Jetzt tropften Matsch und Schlamm von ihrem Schneewittchenkleid, auch im Gesicht hatte sie was abbekommen. „Entschuldigung!“, rief Harry. „Das war keine Absicht!“ Doch Harry tat nie etwas ohne Absicht. Das wusste ich schon.

Das Schneewittchen erstarrte kurz, als habe das Gift der bösen Königin sie erst jetzt ganz gelähmt. Verblüfft guckte sie nach unten, auf ihre versauten Klamotten, dann erwachte sie plötzlich aus ihrem Schneewittchenschlaf – der Dreck hatte sie zum Leben erweckt, nicht der Kuss! Wie eine Tigerin schoss Bea auf Harry zu.

„Du Sau!“, brüllte die sonst so zarte und ruhige Bea und streckte Harry mit einem Schlag auf die Nase nieder. Blut spritzte aus Harrys Nase, direkt auf Beas schlammverdrecktes Kleid, doch das war ihr egal, in sie war Leben gekommen, sie stürzte sich auf Harry und wollte ihm den Rest geben.

„Nicht schlagen!“, kreischte er. „Ich geb auf! Bea! Ich liebe dich!“ Und bevor sich Bea eines anderen besinnen konnte, zog er sie auf sich und küsste sie wie ein Wahnsinniger!

Und Scheiße verdammte! Bea küsste zurück. Ein Schneewittchenkuss mit Schlamm und Blut. Mit offenem Mund guckte Lilli sich das verrückte Märchen an. Nach einer Weile standen die beiden auf, lachten und stiefelten zu ihren Fahrrädern. Völlig verdreckt, mit Blut und Schlamm bedeckt, aber glücklich.

Die Jungs spielten ohne Harry weiter. Die anderen Mädchen waren inzwischen ein Stück von uns abgerückt und warfen empörte Blicke auf Bobby. Er und Lilli hatten nur Augen füreinander.

„Da drüben am Kieswerksee gibt's jetzt kleine Enten", sagte Bobby gerade zu Lilli.

Fuck! Jetzt klaute das Schwein sogar die Enten aus meinem Bio-Aufsatz! Sollte ich Lilli sagen, dass Bobby das letzte Mal im Wald war, als wir dort mit zwölf noch als Freunde Indianer gespielt hatten? Nööö! Das wäre echt peinlich gekommen, wenn ich plötzlich gebrüllt hätte: „Scheiße! Das sind meine Enten!"

„Ich jogge jeden Morgen am See vorbei und habe noch keine gesehen!", sagte Lilli.

„Ich kann sie dir zeigen!", sagte Bobby, stand auf, und Lilli, das Biest, die Käufliche, die verdammte Schlampe, erhob sich tatsächlich vom Boden.

„Wir sehen uns dann zu Hause, Andi", sagte sie zu mir. Ich nickte ihr zu. Auch die anderen Mädchen guckten Bobbys und Lillis Rücken verdutzt nach.

„Was ist das für 'ne blöde Zicke?", fragte Katja.

Aha! Auch eifersüchtig? Tja, jetzt habe ich Depp den halben Nachmittag 'ne Menge Mädchenschwulst gelesen, um mich als tollen Typen auszubilden, und dann kommt Bobby und zeigt wieder mal, wer hier der Hecht ist. Scheiß Enten

Andi, der perfekte Verführer

Die ärmste Sau bei uns in der Schule ist Janko. Seine Eltern gehören einer technikfeindlichen Sekte an und erlauben zu Hause weder Glotze noch Computer. Janko hat deswegen die schlechtesten Noten in der Klasse, obwohl er echt helle ist. Er kann sich aber keine Aufsätze und Vorträge aus dem Netz runterholen und ist darum aufgeschmissen.

Wir anderen finden unsere Hausarbeiten im Web. Nur ein bisschen kürzen und fertig ist die Arbeit. Wie konnten mein Vater und meine Mutter als Jugendliche ohne das Internet leben? Was haben die damals gemacht?

Pünktlich zum Abendessen tauchte Lilli auf, erhitzt wie nach einem Saunagang. Klar hatte ich sie bereits aufgegeben. Sie wollte mit mir sowieso nichts zu tun haben. War mir auch recht so. Wenn sie sich mit Bobby kleine Enten anguckte, die ich selbst beim Joggen entdeckt hatte, konnte sie mich echt am Arsch lecken.

Und diese Frau hatte ich für klug und weise gehalten? Eine Frau, die nicht checkte, dass Bobby im Wald einen Ast von seinem Ständer nicht unterscheiden konnte? Selber schuld! Sollte sie sich doch 'nen Trickser und Betrüger schnappen und dann ihr Leben lang drunter leiden.

Schon damals hatte Bobby nur verdammte Lügen über meine Mutter verbreitet. Damals, als wir uns geprügelt hatten. So was sehen die Weiber nicht. Nö, der Charakter eines Typen ist ihnen vollkommen wurscht! Am liebsten wollte ich ganz auf die Weiber verzichten und Pfarrer werden oder zumindest schwul, am besten beides. Als schwuler Pfarrer musste ich in Bayern doch eine glänzende Karriere vor mir haben.

Während des Abendessens schmollte ich also und reichte ihr nicht mal das Salz rüber. Schlechter Verlierer, das gebe ich zu, aber Arschkriecherei bringe ich manchmal echt nicht über mich. Du bekommst einen Tritt, und man erwartet von dir, dass du dabei noch freundlich lächelst. Nicht mit mir, ihr Säcke! Ich war echt depressiv, Alter!

Lilli stand als erste vom Tisch auf und ging an mir vorbei in ihr Zimmer. Plötzlich streckte sie ihre Hand aus, wuschelte mir im Haar herum und trottete weiter. Hä?

Christine, Vater und Mutter glotzten mit offenen Mäulern, als hätte ich ihnen plötzlich mitgeteilt, dass ich uneheliche Drillinge bekommen würde. Nach einem Weilchen schüttelte Mama aber den Kopf und schaute meinen Papa belustigt an, der sofort breit zurücklachte, um sich bei meiner Mutter beliebt zu machen.

„Meine Fresse!“, sagte Christine. Na, da staunt ihr, was? Ganz cremig tänzelte ich hinter Lilli die Treppe hinauf, wie ein Glücksballon schwebte ich, tritritritrallalla, dreißig Songs sind mir auf dem Weg nach oben eingefallen, ein Song für jede Treppenstufe.

Leute! Hat euch schon je eine Frau so krass das Haar durchwuschelt? Egal! Ich war einfach verliebt. Im Zimmer versuchte ich wieder, was von Edward dem Vampir zu lernen, aber der Angeber kotzte mich echt an.

Ich spielte Gitarre, wälzte mich dann im Bett, konnte nicht einschlafen. Kurz vor Mitternacht schmiss ich den Rechner an und tippte bei Google „Frauen erobern“ ein. Nach ein paar unergiebigen Klicks landete ich in einem Chat für Verführungskünstler.

Der Computer zeigte 23:58 Uhr an. Ich musste mir einen neuen Chatnamen zulegen. In manchen Gamer-Chats kannte man mich schon sehr gut, ich wollte mich jetzt im Web nicht als der Casanova-Lehrling outen.

Wie sollte ich mich aber als Verführungskünstler nennen? Wie hieß noch der Tscheche vom Bolzplatz in Neuperlach? Jaromir? Ja, als Verführer musste ich einen ganz krassen Namen haben! Ich nannte mich Krassomir.

Mitternacht! Nur ein Geist tummelte sich im Chat. So tippte ich einfach rein: „Was soll ich machen, um Lilli zu bekommen?“

„Wie alt bist du?“, kam unverzüglich zurück. Der Typ hieß Definitiv.

„Sechzehn!", antwortete ich.

Und prompt kam die Antwort: „Höchste Zeit, dein Leben zu ändern!"

„Aber wie?"

„Du musst dich für deine Liebste attraktiv machen!"

„Soll ich ihr was vorlügen? Um sie zu verführen?"

„Du sollst sie nicht verführen. Du sollst dich so anziehend machen, dass sie dich haben will. Ist wie Mathe lernen. Je mehr du lernst, umso bessere Noten bekommst du. Umsonst gibt's gar nichts."

Wir gingen auf privat, um von anderen Geistern nicht gestört zu werden. Und dann bekam ich zwei Stunden lang Antworten, von denen mir nahezu schwindlig wurde. Alle Tipps kopierte ich mir, bis daraus ein kleines Buch entstand. All die Sachen, die mich für Lilli unwiderstehlich machen würden. Damit ich sie dann heiraten und ihr zwanzig Kinder machen konnte.

So habe ich meinen persönlichen Geist gefunden, einen Internetgeist mit dem Namen Definitiv, der mir auch in den folgenden Tagen das Spiel zwischen Mann und Frau erklärte. Zum Beispiel, dass Frauen romantische Wesen seien und für Magie anfällig!

„Lilli hält nichts von Magie und Hokuspokus!", tippte ich.

„Wart's ab!", tippte er zurück.

In den folgenden Nächten erfuhr ich also das Wichtigste, das du fürs Leben brauchst und das dir keine Sau in der Schule beibringt. Deine Eltern schon gar nicht! Warum eigentlich nicht?

Klar kam mir gleich nach dem ersten Mitternachtsunterricht im anschließenden Traum mein Ex-

Kumpel Bobby dazwischen, aber ich haute ihm virtuell eins auf die Fresse, und weg war er.

Sie überraschen und sie isolieren

„Die Eroberung einer Frau ist wie die Einnahme eines feindlichen Gebiets!“, schrieb Definitiv im Chat. „Du musst sie überraschen und isolieren. Du musst sie in einen Kampf mit sich selbst stürzen und du musst sie für dich einnehmen, sie wieder befrieden und ihr zeigen, dass sie ohne dich nicht leben kann.“

„Ich hab sie schon ziemlich überrascht!“, tippte ich ein und erzählte ihm, wie ich mich vor Lilli mit ’ner Blumenkanne am Schwanz produziert hatte.

„Das war super!“, kam aus dem Netz.

„Super? Die Blumenkanne hing an meinem Ständer wie der Peinlichkeitsorden!“

„Je peinlicher umso lustiger!“, schrieb Definitiv. „Nur ein ganzer Kerl marschiert erhobenen Hauptes durch jede Peinlichkeit. ‚Wenn der Typ diese Peinlichkeit wegsteckt‘, denkt jede Frau dabei, ‚kann er sich immer behaupten. Bei dem bin ich sicher! Ein toller Mann!‘“

„So wie der Vampir in dem Buch?“

„Ja, genau, wie der Vampir!“ Hä? Woher wusste Definitiv von Edward dem Vampir? Hatte er einfach nur „ja“ gesagt, ohne zu wissen, was ich damit meinte? Oder ...? Ach, egal! Ein Internet-Geist muss ja alles wissen. Besser quetschte ich ihn ordentlich aus: „Und wie soll ich mit den Peinlichkeiten anfangen?“

„Zuerst kannst du dir etwas Auffälliges anziehen. Nur das Alpha-Tier trägt ein Geweih, das jedem anderen Hirsch den Kopf in den Boden donnern würde!“

„Echt?“, fragte ich ziemlich skeptisch. Aber lief nicht auch Bobby in krass peinlichen Klamotten rum? Und keiner bekam von den Mädels so viele Props wie er.

♥

Am Dienstag in der Früh brach die Welt zusammen. Ich wachte auf, packte wie üblich meine Morgenlatte und bekam voll die Panik. Nicht einmal auf Rubbeln hatte ich mehr Lust. Ich schmiss den Rechner an und guckte in Wikipedia nach. Alter! Was habe ich da aufgeschnappt?

Ich rief Harry an. „Ich muss dir was zeigen!“

„Alter! Es ist erst sieben! Ich schlafe noch!“

„Es geht um Leben und Tod!“

Wir trafen uns am Waldrand. „Was ist los?“, fragte Harry. „Ich bin gleich mit ...“ Er verschluckte aber die Ansage und murmelte irgendetwas vor sich, nur das Wort „verabredet“ verstand ich noch. Mir war es jetzt aber echt egal, mit wem Harry verabredet war. Mir ging’s an den Kragen.

„Ich hab was ganz Schlimmes abgekriegt!“, sagte ich.

„Was?“

„An meinem Pimmel ist so ’n Ding gewachsen! Rot und hart!“

„Na, und? Geh halt zum Hautarzt!“

„Ich hab bei Wikipedia geschaut. Das kann nur die Syphilis sein! Mann, ich bringe mich um!“

„Hast du jemanden gepoppt, oder was?“

„Nein ... Aber vielleicht hab ich mich auf’m Klo angesteckt. Ich bin doch oft bei meiner Mutter in der Praxis, und sie will, dass ich mich auch beim Pieseln auf die Brille hocke. Du weißt doch, da sind diese ganzen alten Weiber bei ihr. Die können doch in ihrem langen Leben was aufgeschnappt haben.“

„Syphilis kann man, glaube ich, nur von Körper auf Körper übertragen“, sagte Harry.

„Alles ist möglich!“, sagte ich. „Wenn kurz vor mir jemand auf dem Klo gehockt hat und ich dann den Klorand mit meinem Pimmel abgewischt habe ...“

„Was hast du bei Wikipedia sonst noch herausgefunden?“

„Dort steht, dass drei Wochen nach der Ansteckung an der Stelle, an der die Bakterien in die Haut oder Schleimhaut eingedrungen sind, ein schmerzloses Geschwür entsteht, mit ’nem verhärteten Randbereich: ‚Harter Schanker‘ nennt sich das! Und genauso sieht das bei mir aus! Scheiße!“

„Dann zeig mir mal deinen harten Schanker!“

Wir schlugen uns in die Büsche und ich holte meinen Schwengel raus. Am Stiel prangte ein großer roter und harter Auswuchs. Mir zitterten die Hände. Harry inspizierte meinen Pimmel, zuckte dann mit der Schulter und sagte. „Geh halt zum Hautarzt!“

„Mann, habe ich echt Syphilis?“

„Keine Ahnung!“

„Scheiße! Hättest du nicht ein bisschen mehr Trost für mich?“

„Geh zum Hautarzt!“

Wir trotteten wieder aus dem Busch heraus. „Hallo, was habt ihr denn da gemacht?“ Fuck! Lilli joggte an uns vorbei. Das Mädchen hatte echt ein Talent dafür, im ungünstigsten Augenblick aufzutauchen. Sie blieb bei uns stehen, schnell atmend, schwitzend. „Na, was habt ihr da im Busch getrieben?“, fragte sie noch mal.

„Ach, nichts Besonderes!“, sagte Harry. „Andi hat mir nur seinen Schwanz gezeigt!“

„Hätte ich mir gleich denken können“, sagte Lilli und trabte davon.

„Du Depp, du!“, sagte ich.

„Ja, was?“, fragte Harry. „Biste auf Doktorspiele aus, oder nicht? Je früher sie das erfährt, umso besser.“

♥

Klar war unser Hautarzt schon im Urlaub. Das stellte ich aber erst fest, als mich die Schwester ins Arztzimmer führte. Am Tisch hockte eine Frau, bei der Jessica Biel Komplexe bekommen hätte. Die Jessica-Doktorin lächelte mich an. „Doktor Baldus ist im Urlaub. Ich mache hier die Vertretung. Wie kann ich dir helfen?“

„Ach, ich hab halt so ’n Ding am Schwanz ...“ Quatsch! Klar war ich nicht so cool wie Harry. Ich glotzte nur. „Dann komme ich halt, wenn der Herr Doktor zurück ist!“, stammelte ich.

„Na, zeig schon her!“, sagte die heiße Tante freundlich aber auffordernd, und so holte ich meinen ramponierten Pimmel aus der Hose.

„Das ist nichts Schlimmes!“, sagte sie und verschrieb mir eine Salbe, mit der ich den Pimmel intensiv einschmieren sollte. Zwei Tage später durfte ich noch mal bei ihr anrücken. Diesmal freute ich mich schon echt darauf, dass sie ihn wieder in die Hand nahm – nur musste ich mich verdammt konzentrieren, damit mir mein Testosteron nicht einen Streich spielte und mir bei der Untersuchung mit ihren hübschen Fingern (oh, Gott!) einen Ständer bescherte.

Keine Ahnung, wie die Behandlung dann ausgeschaut hätte. Vielleicht hätte sie mich in flüssigen Stickstoff getaucht, um mich abzukühlen. Egal! Sie packte also meinen Pimmel und drückte den Pickel einfach aus. Krass, was? „Da hat sich nur etwas Fett eingesammelt!“, sagte sie.

Boah! Mit meinem wilden Gewichse hatte ich wohl das ganze Unterhautfett in den Pickel gerubbelt. Jetzt war aber alles wieder in Ordnung! Gott sei Dank! Ich konnte mich wieder Lilli widmen. Also zurück zum Dienstag.

♥

Als ich von der Ärztin zurückkam, erwischte ich meinen Vater zum ersten Mal bei seiner Geheimaktion. Er zog sich zwischen zwei vollgestopften Ikea-Taschen die Schuhe an. „Was sind das für Pakete?“, fragte ich.

„Ach, nichts Interessantes!“, sagte er. „Kataloge und so’n Zeug!“ Er schaute aus, als hätte ich ihn beim Apfelklau erwischt. „Wieso bist du nicht in der Schule?“, fragte er.

„Sind doch Ferien!“

„Ach, so!“

Zu seinem Glück hab ich die Pakete aber gleich vergessen. Andere Sachen standen an. Ich kletterte auf den Dachboden. Im Schrank in der Ecke lagen Omas alte Kleider, von Mutter in Plastiktüten verpackt.

Da lagen all die Schätze der Peinlichkeit. Gleich fand ich Omas große rosa Unterhose mit lauter Spitzensaum. Sofort schlüpfte ich hinein. Auch Omas breiter Strohhut passte genial zum Sommer.

Im Schrank daneben entdeckte ich Vaters Schottenrock. Mutter hatte ihm das gute Stück aus Schottland mitgebracht. Als ich noch klein war, als Mutter Vater noch geliebt hatte. Vater hatte den Schottenrock aber nie angezogen. Das habe ich bei einer ihrer Streitereien aufgeschnappt:

„Du Memme du, du ... du traust dich ja nicht mal, den Schottenrock anzuziehen, den du von deiner Frau bekommen hast!“, hatte Mutter ihn einmal angebrüllt.

Christine hatte den Schottenrock letztes Jahr beim Faschingsball getragen. Jetzt schnappte ich ihn mir.

Von Opa fand ich in der Kiste ein paar uralte ärmellose Schießer-Feinripp-T-Shirts. In der Ecke lag eine antike Fliegenklappe. Groß wie eine Schaufel. Die haute ich mir über die Schulter und trottete die Treppe runter.

Glücklicherweise war meine Mutter schon aus dem Haus und Vater wohl noch bei der Post. Christine stand in den Ferien meist nicht vor dem Mittagessen auf. Nur Lilli – frisch geduscht – schmierte sich gerade ein Brötchen mit Marmelade, als ich auftauchte. Statt des Brötchens bestrich sie nun mit der Marmelade den Tisch.

„Fasching ist doch schon längst vorbei, Andi?“, brachte sie stotternd heraus.

Na, Madame? Hab ich dich überrascht? Und jetzt werde ich dich isolieren. „Fahren wir baden, Baby?“

„Baby?“, fragte sie. „Ich bin nicht dein Baby!“

„Hä, hä, hä!“ Mit schrillen Lachern vertuschte ich genial, dass ich gerade dabei war, mir vor lauter Angst in Omas rosa Unterhose zu scheißen.

„Wenn du zum Steinsee mitkommen willst, dann hol deine Sachen!“, sagte ich und flitzte aufs Klo. „Aber dalli!“, fügte ich hinzu, doch zur Sicherheit erst im Badezimmer. Übertreiben wollte ich's mit den Sprüchen nicht. Ich war mir ohnehin sicher, dass sie mit einem so aufgeschwuchtelten Typen im Schottenrock, Schießer-Feinripp, Strohhut und mit einer großen Fliegenklappe über der Schulter nichts mehr zu tun haben wollte.

Alter! Im Badezimmer schlotterte ich selbst vor Schock, dass ich mich grade vor Lilli so blamiert hatte. Immer wieder musste ich mir den Satz des großen Aufreißers Mystery wiederholen, den mir Definitiv gestern zugechattet hatte: „Um eine Frau zu bekommen, muss man riskieren, sie zu verlieren.“

Sollte ich mir doch normale Klamotten anziehen? Ich konnte mich herausreden, dass ich für eine Theateraufführung geprobt hatte, oder?

So stand ich über der Kloschüssel und dachte streng nach. Wie immer missachtete ich das strengste aller

Gebote, das elfte, das meine Mutter hier aufgestellt hatte: Nur im Sitzen pinkeln!

Ich holte mein Ding aus der Hose, hängte ihn über die Schüssel, visierte die Zielscheibe an und ... Unten im Abfluss, unter dem klaren Wasser, das von oben reingespült worden war, hatte sich eine kleine rote Pfütze gebildet. Das Mädchenmal! Lillis Blut machte sie so menschlich, dass ich plötzlich wieder vor Mut strotzte.

Lilli war keine Göttin! Sie war wie ich! Ein Mensch, mit Problemen, die vielleicht noch größer waren als meine. Alter! Du hast nichts zu befürchten. Hau rein, Andi! Was aber, wenn sie schon weg war?

Ich flitzte aus dem Badezimmer, und es regnete Glück. Lilli stand an der Haustür, in einem kurzen Top und einem heißen Minröckchen! „Wie kommen wir zum See?", fragte sie. „Ich kann aber nicht baden. Hab meine Tage!"

„Tage?" Ich glotzte sie echt blöde an. Wollte sie echt mit mir zum See fahren? Das hatte mich so überrascht, dass ich glatt das Blut in der Kloschüssel vergessen habe.

„Na, die Tage eben!", sagte sie. „Die Menstruation? Nie davon gehört? Wird auch als *Menorrhö*, *Periode*, *Zyklus*, *Mens*, die *Tage* oder *Regel* bezeichnet. Die periodisch wiederkehrende Blutung aus der Gebärmutter. Kannste alles in Wikipedia nachlesen!"

Meine Fresse! War die cool! Und so verdammt medizinisch gebildet. Wollte sie sich aber echt so was Peinliches antun wie meine Begleitung? Hatte Definitiv doch recht? Durfte ich dank meines Schottenrocks jetzt mit dem heißesten Mädchen unter dem Ozonloch zum See radeln? Gab sich dieses grandiose Mädchen mit einem durchgeknallten Typen im Schottenrock ab? Die Welt stand kopf!

Lilli guckte mich kichernd an. „Warum lachst du?", fragte ich. Klar wusste ich, warum sie lachte, aber ihr Kichern war immerhin eine gute Gelegenheit, das Gespräch fortzuführen.

„Nur, so", sagte sie. „Ich versuche zu lachen, wann immer es geht. Hast du gewusst, dass doppelt so viele Frauen an Depressionen leiden als Männer?"

„Depressionen? Was ist das?" Dieser Spruch verursachte bei ihr einen neuen Lacher. Definitiv wäre echt stolz auf mich. Ich war ja selbst auf mich stolz. „Du kennst dich verdammt gut mit Medizin aus!", fügte ich hinzu.

„Du doch auch", sagte Lilli. „Deine Mutter ist Heilpraktikerin."

„Das stimmt", sagte ich. „Als ich klein war, hat sie mich immer zu einem Stuhlgangguru auf der Esoterischen Messe geschleppt! Mutter und der Hobbyscheißologe konnten stundenlang über die Beschaffenheit von Scheiße reden. Hart und weich zugleich musste sie sein – Yin und Yang! Darüber weiß ich also ziemlich viel!"

Mann! War ich bescheuert? Wieso erzählte ich Lilli gerade diesen Schwachsinn? Noch gestern hätte ich mich bei so was bis in den Boden geschämt! Das Derbe war doch Harrys Baustelle. Doch Lilli lachte nur. Krass, oder?

Sie bekam Christines Fahrrad, ich schwang mich auf mein Mountainbike. Und los ging's!

Garik wedelte am Zaun der Nachbarn mit dem Schwanz. Sicher wunderte er sich etwas über meine Aufmachung, sagte sich aber wohl: „Wenn der Typ ein Stück Bioschinken dabei hat, kann er von mir aus in einem Taucheranzug samt Flossen und Harpune rumlaufen."

Doch ich Verräter hatte heute den Schinken für ihn vergessen. So winkte ich Garik nur kurz zu. Lilli hat meinen Freund, den Hund, gar nicht bemerkt, sie kämpfte mit dem fremden Fahrrad. Und wieder überkam mich das Gefühl, dass es besser war, Garik vor Lilli verborgen zu halten – als meine fünfte Kolonne sozusagen.

Auf dem Waldweg, kurz vor Solalinden, kam mir der breite Schottenrock zwischen die Kette und das Zahnrad und zog mich von meinem Fahrradsattel runter. Und das, als ich gerade um die 50 Sachen pro Stunde durch die Gegend bretterte! Und wieder „aaah!", und schon flog ich mit dem Fahrrad in die Büsche am Wegesrand.

Daran war Lilli aber mittlerweile gewöhnt. Nicht mal mit der Wimper zuckte sie, als ich mich aus dem Busch herauskämpfte, das Fahrrad vor mir hertragend, wie ein Sträfling seine Stahlkugel. Die blöde Fahrradkette wollte meinen Schottenrock nicht loslassen. Ich musste den Rock ausziehen, um ihn zu befreien. Da hat Lilli zum ersten Mal Omas breite rosa Unterhose mit den weißen Spitzen am Saum gesehen.

„Und was ist das?", fragte sie.

„Ich bin halt etwas schwul!", sagte ich.

Mein Chatmentor Definitiv würde an mir seine wahre Freude haben. Der Schottenrock war aus echt festem Stoff genäht, nur ein paar Zahnradzähne hatten kleine Löcher reingebissen, ansonsten blieb das Hammerstück intakt. Ich band mir vorne einen Knoten, damit ich nicht noch mal vom Fahrrad gezogen wurde. Peinlicher ging's wohl nicht mehr. Dachte ich mir.

„Der Mensch hat etwa 30.000 Gene", sagte Lilli. „99 Prozent davon sind bei Mann und Frau identisch. Trotzdem kommt ihr Jungs mir manchmal vor, als ob ihr von einem fremden Stern wäret."

Was sollte ich dazu groß sagen? Am besten gar nichts, oder? Sie hatte es in ihrem Minirock ja viel leichter als ich. Als sie ihr Bein hoch über den Fahrradsattel schwenkte, bekam ich sofort Ohrensausen.

Mamma Mia! Die Mädels checken wohl gar nicht, was sie mit uns tun. Einerseits schien gerade Lilli über die medizinischen Sachen gut Bescheid zu wissen, andererseits stellte sie sich bei mir so an, als wären Theorie und Praxis ganz unabhängig voneinander. Doch was nutzt eine Theorie, wenn sie praktisch nicht stimmt?

Das Freibad am Steinsee platzte aus allen Nähten. Zum ersten Mal im Leben zog ich alle Blicke auf mich. Voll Respekt. Über meine Schulter ragte ja die große Fliegenklappe. Keins der herumliegenden Mädels traute sich, laut zu lachen.

So schritt ich cool zwischen den Halbnackten zum Ufer, mit Lilli im Schlepptau. Blöd! Meinen Exkumpel und Erzkonkurrenten Bobby hatte ich ganz vergessen. Was, wenn er hier mit unseren Mädchen hockte, wie's seine Sitte war? Dann wär's vorbei mit der Isolierung der zu erobernden Festung! Gott sei Dank entdeckte ich ihn nirgendwo.

Aus meinem Rucksack holte ich zwei große Handtücher, Lilli schlüpfte aus ihrem Oberteil und dem Minirock. Ein hübscher schwarzer Bikini schmückte eine Figur, von der Gott sicher geträumt hatte, als er an Adams Rippe herumbastelte.

Mann, war sie schön! Ich musste echt alles geben! So zog ich meinen Schottenrock aus und das Schießer-Feinripp-Unterhemd und stand vor Lilli nur in Omas rosa Unterhosen. „Soll ich uns vom Kiosk was zum Trinken holen?“, fragte ich.

Fasziniert guckte sie wieder meine Oma-Unterhose mit dem weißen Spitzensaum an. „Du hast echt keine Hemmungen, Andi, oder?“

„Neuste Mode aus Kalifornien“, sagte ich. Definitiv hatte im Chat gemeint, eine Frau wäre am besten mit Magie zu betören. Dafür musste ich eigentlich gar nicht viel studieren. Mutter hatte mich ja seit sechzehn Jahren mit Magie- und Esoterikzeug vollgelabert. So haute ich noch eins drauf: „Rosa gehört zum Herz- und Wurzelchakra! Das bedeutet bedingungslose Liebe! Think pink!“ Krass, oder? Sollte ich mich gleich für den Blödsinn entschuldigen? Die Tochter eines Hirnchirurgen konnte doch nicht auf so was abfahren. Sicher hat Definitiv sich geirrt. „Liebe ist das Heilmittel für unsere Zeit!“, fügte ich hinzu.

„Du bist echt der Hammer, Andi!“, sagte sie.

Und da bekam ich doch Angst vor dieser ganzen Aufschneiderei und sagte in einem Augenblick der Schwäche: „Das sagt zumindest meine Mutter!“

„Deine Mutter ist eine sehr interessante Frau“, sagte Lilli. „Mein Vater labert immer so langweiliges wissenschaftliches Zeug.“

„Interessant?“, fragte ich. „Mutter treibt nur Hokuspokus! Da ist nichts Wahres dran!“

„Das ist egal!“, sagte Lilly. „Es muss nicht wahr sein! Hauptsache, es macht Spaß!“

Ha! Jetzt redete sie wie der Typ im Chat – wie dieser Definitiv. Ich musste mich unbedingt wieder auf meine neue Rolle besinnen und hier nicht den alten Normalo Andi rauskehren.

„Du kannst bei einer Frau alles anstellen, nur darfst du sie nicht langweilen!“, hatte mir Definitiv gestern eingetrichtert. Aus Mangel an weiteren originellen Ideen jagte ich jetzt lieber nach den Zitronenlimos. Später würde mir schon wieder was einfallen. Der Knöchel tat fast nicht mehr weh. Ich konnte zum Beispiel Fußball spielen.

Nach zehn Minuten trabte ich wieder bei Lilli an. Sie hatte sich's inzwischen auf ihrem Handtuch gemütlich gemacht. Lag auf dem Bauch und streckte mir ihren wunderschönen Bikiniarsch entgegen. „Nicht bewegen!“, rief ich und haute ihr mit meiner fetten Fliegenklappe über den hübschen Po.

„Autsch!“, kreischte sie und sprang hoch. „Sag mal! Bist du jetzt komplett durchgeknallt!“

„Da!“, sagte ich und hob eine riesige Bremse von der Matte.

„Oh! Danke!“, sagte sie. „Deswegen hast du die Fliegenklappe mit. Nicht schlecht!“

Der erste Schritt war also getan, ihr klar zu machen, dass sie ohne mich nicht leben konnte. Die Bremse hatte ich am Kiosk erwischt, wo sie sich in einer kleinen Bierpfütze auf der Bank zusoff. Ein elender Schurke war ich! Elend, aber gut! Und damit hatte mich Definitiv auch definitiv überzeugt. Das Leben ist ein Theater und damit basta!

Lilli blieb am Ufer liegen und las ein Buch mit dem Titel *Das weibliche Gehirn*. Wo ich mich selbst doch nur mit Esozeug auskannte und mit Wichsen. Im Wichsen war ich Weltmeister – wenigstens etwas, was ich gut konnte.

Besser lief ich zum See runter, sprang hinein und schwamm weit hinaus. Es gibt wenig Schöneres, als im Sommer im See zu schwimmen. Von Wäldern umgeben, durch die noch vor ein paar hundert Jahren Ritter auf Pferden jagten, um ihre Angebeteten zu entführen. Im See kommst du auf Gedanken! Wahnsinn!

Als ich aus dem Wasser stieg, kam mir gleich der Verdacht, dass etwas nicht stimmte: Eine Truppe Mädels bekam einen Lachanfall. Sie lachten wohl über meine rosa Unterhose mit den weißen Spitzen. War mir in diesem Augenblick echt egal, weil mir gerade ein weit schlimmerer Anblick die Hirnzellen panierte:

Statt von mir wurde Lilli mittlerweile von Bobby und den Mädchen aus seiner Klasse belagert! Die Mädchen waren mir wurscht, aber Bobby musste von der Burg unbedingt vertrieben werden.

Ich blies meine Schultern auf, zog den Bauch ein, spannte die Muskeln und stolzierte auf die Gruppe zu. Mein Anblick trieb Bobby leider nicht in die Flucht, sondern stürzte auch ihn in einen Lachanfall. Die restlichen Mädchen genauso. Nur Lilli verdrehte ihre

Himmelaugen und guckte mich an. Nicht mein Gesicht! Eher meine Mitte.

Nanu? Sie kannte doch meine rosa Omaunterhose mit den Spitzen, die mir als Badehose diente. Warum wunderte sie sich jetzt wieder? Allerdings hatten auch die Mädels am Ufer gelacht. Schnell guckte ich nach unten.

Jesses Maria! Die rosa Unterhose war verschwunden! Der Stoff lag zwar noch an meinen Hüften, doch die rosa Farbe war im Wasser durchsichtig geworden. Als wäre meine Unterhose aus Frischhaltefolie! Verdammt! Wie Adonis stand ich da und guckte von oben auf meinen Pimmel. Sollte ich schnell zu meinem Schottenrock springen? Nö! Jetzt musste ich die Suppe ganz auslöffeln. „Egal was passiert, gelassen bleiben!“, hatte Definitiv im Chat geschrieben.

„Ja, servus!“, sagte ich und küsste die Mädchen ab.

„Du bist echt krass, Andi!“, sagte Katja. „Keiner würde sich trauen, hier so was als Badehose zu tragen!“

„Ich schon!“, sagte Bobby, doch seine Ansage klang nicht so überzeugend. Zum ersten Mal seit wir uns damals geprügelt hatten, war ich der Coolere. Also hatte Definitiv recht! Nicht mal diese Peinlichkeit hatte mir groß geschadet. Bei den Mädchen auf jeden Fall nicht ... Aber bei Lilli?

Sie beachtete mich nicht mehr und flüsterte wieder mal mit Bobby. Ich hasste ihn! Dieser Abstauber! Warum konnte er mir diese Frau nicht lassen, verdammt? Meine Augen brannten plötzlich. Ich kämpfte wie ein Tier dagegen an. Ein heulender Junge in einer schwulen rosa Unterhose wäre dann doch etwas zu viel. Egal wie Peinlichkeiten sein sollten.

„Ich gehe kurz mit Bobby in den Wald!“, sagte Lilli und stand auf. „Er hatte dort Frösche gesehen!“

„Frösche?“, fragte ich. Gab’s was Blöderes?

„Ja, Frösche!“, sagte Bobby, grinste mich an, und weg waren sie. Was wollten die mit den Fröschen machen, verdammt? Sie aufblasen?

„Kommst du mit mir schwimmen?“, fragte mich Katja.

„Klar!“, sagte ich.

Wir schwammen bis zur Mitte des Steinsees. Ich guckte nach links zum Moosacher Bad, wo ein paar Leute herumtollten, und da sah ich sie: Eine kleine Wasserschlange! Das Köpfchen hoch über der Oberfläche. Das Wasser hinter ihr kräuselte sich, wie sie sich nach vorne schlängelte.

Was tun? Sollte ich die Wasserschlange Katja zeigen? Eine harmlose Ringelnatter, nicht giftig, ziemlich scheu, sie beißen nicht, doch ob das Katja beruhigen würde? Sollte ich es ihr sagen oder nicht sagen?

Die Schlange war schon sehr nah – Steinseeschlangen waren nun mal an Leute gewöhnt – , irgendwann würde Katja sie bemerken, und was dann?

„Pass auf, da ist ’ne Schlange!“, sagte ich also und wollte hinzufügen: „Vor der musst du aber keine Angst haben! Die ist ganz harmlos!“, doch ich kam nicht mehr dazu, weil Katja aufschrie, als habe ein Nock sie am Fußknöchel gepackt.

Sie schlug wild mit den Händen um sich und ging unter. Scheiße! Vor Schock flitzte die Schlange davon. Ich packte Katja, versuchte sie hochzuziehen, ihr Kopf kam wieder übers Wasser, doch sie strampelte weiter wie ’ne wilde Amazone. Und runter ging’s.

Noch einmal zog ich sie hoch und brüllte: „Guck! Die Schlange ist schon weg!“ So trieben wir im Wasser einige Male hoch und runter, bis Katja sich endlich beruhigte und normal zu schwimmen anfing.

„Bleib ruhig, in drei Minuten sind wir am Ufer!“, sagte ich.

„Mann!“, sagte Katja. „Du hast mir das Leben gerettet! Und dass du vor Schlangen keine Angst hast ...“ Hey! Ich war im Kommen! Das spürte ich.

Unser Zweikampf im See war am Ufer nicht unbeobachtet geblieben. „Was habt ihr dort getrieben?“, fragte Bobby und guckte mich mit echt viel Respekt an. Zum Glück waren er und Lilli schon vom Froschzoo zurück.

„Ach, da war nur ’ne Schlange!“, sagte Katja.

„Seine Schlange, oder?“, sagte Lilli und guckte verächtlich von Katja zu mir. Bis zum Abend redete Lilli kein Wort mehr mit mir. So kam ich den Rest des Nachmittags mit meiner eigentlichen Eroberung nicht weiter.

Am Abend radelten Lilli und ich nach Hause. „Da war echt ’ne Wasserschlange!“, sagte ich ihr unterwegs. „Katja hat voll den Schock bekommen! Ich hab ihr halt geholfen!“

„Ihr Jungen seid alle gleich!“, sagte sie.

„Ich nicht!“

„Und was war dann das mit der durchsichtigen Hose?“, fragte sie. „Du wolltest doch nur rumprotzen!“

„Quatsch!“, sagte ich.

„Vielleicht bist du ja ein Flitzer“, sagte sie. „Bei uns in Kiel geht das Freiziehen meistens in der Disko ab. Du flashst aber, wo du nur kannst!“

„Ich will dich nur hin und wieder etwas überraschen!"

„Das hat mich aber gar nicht überrascht!", sagte Lilli. „Ich wusste schon, dass du mir wieder deine Gurke zeigst. Wir haben uns im Leben nur ein paar Mal gesehen, und fast jedes Mal hast du mir deine Gurke gezeigt. Du kannst wohl nicht anders."

„Sorry!", sagte ich.

„Egal!", sagte sie. „Ich hab keine Angst vor den Körperorganen. Mein Vater hat mir schon als Kind medizinische Fachbücher vorgelesen. Schon als ich ein Baby war."

„Hat er dir keine Geschichten vorgelesen?", fragte ich.

„Nö!", sagte Lilli. „Sogar meine Bilderbücher waren voll mit Anatomie und so Zeug. Schon mit fünf musste ich Vater vor dem Schlafengehen alle Muskeln aufsagen!"

„Echt?"

„Ja, und alles musste immer seinen Platz haben. Vater meinte, wenn bei einer Operation ein Skalpell falsch liegt, kann's den Patienten das Leben kosten. Ich finde es echt schön, dass bei euch alles so lustig und chaotisch ist!"

„Na, ja ..."

„Zu Hause lache ich manchmal wochenlang nicht. Hier aber lache ich jeden Tag. Du bist manchmal echt saukomisch, Andi!"

Das gab mir zu denken: War's nun gut oder schlecht?

„Gut!", chattete mir Definitiv in der Nacht zu. „Wenn du eine Frau zum Lachen bringst, ist das immer gut!

Tausende nette Angeber scharwenzeln um die hübschen Mädchen herum. Sie erzählen ihnen immer denselben Mist. Wie sie heißen, wo sie wohnen, was sie machen und so. Das langweilt die Mädchen doch zu Tode. Sie wollen sich aber nicht langweilen, sie wollen ihren Spaß haben. Und du hast ihr jetzt etwas Action geliefert. Und gezeigt, dass du dir was leistest. Junge, Junge! Der Klaps mit der Fliegenklappe war großartig. Die hübschen Mädchen musst du necken. Von den netten Angebern haben sie genug. Die Mädels brauchen etwas Spaß! Romantik! Und Magie! Vergiss die Magie nicht! Aber das Wichtigste, Junge: Durch die Action mit Katja im See hast du Lilli eifersüchtig gemacht – sie steht auf dich!"

„Echt?"

Hurra, auf die Burg!

„Heute Nachmittag könnten wir zur Grünwalder Burg radeln!“, sagte ich beim Frühstück zu Lilli. „Zur Isar!“

„Okay!“

Meine Mutter hatte heute in der Praxis keine Termine. Um acht schlenderte sie ins Esszimmer.

„Was geht, Mudder!“, sagte ich.

„Waaas?“, fragte sie. „Mudder?“

„’tschuldigung, Mama!“, sagte ich. „Hab viel zu viel Bushido gehört!“ Lilli lachte.

Meine Mutter goss sich Kaffee ein und hockte sich an ihr Propheten-Tischlein. Lilli guckte ihr zu. „Was ist das?“, fragte sie.

„Zigeunerkarten!“, sagte Mama. „Zum Wahrsagen!“

Aha! Gleich würde Lilli meiner Mutter wieder mal einen Vortrag über Aberglauben halten. „Wahrsagen?“, sagte Lilli. „Faszinierend!“ Das Mädchen kam bei uns echt langsam auf die schiefe Bahn. Da würde sich der Wissenschaftler-Papa sicher freuen, wenn er aus Amerika zurückkehrte und seine Tochter plötzlich Geister beschwor oder sich Bachblütendüfte aufs Butterbrot spritzte.

„Kannst du mir damit die Zukunft voraussagen?“, fragte Lilli.

Ich sah zu, dass ich wegkam. Wollte ja nicht erfahren, dass ich keinen Platz in Lillis Zukunft hatte. Lieber stellte ich mich auf meine Zukunft als Bücherwurm ein. Ich radelte zur Stadtbibliothek. Heute interessierte mich aber keine Physik, heute war ich auf Zauberei aus!

Die Bibliothekarin hockte hinter ihrem Tisch in einem Rollstuhl und blickte froh in die Welt. Was waren schon meine Komplexe und Liebesprobleme gegen ein Leben im Rollstuhl.

Ich lieh mir eine Menge Bücher über Zauber- und Kartentricks aus, außerdem den Ratgeber *Der perfekte Verführer*, den mir Definitiv empfohlen hatte. Mit den Zaubertricks würde ich Lilli sicher ein paar begeisterte Ausrufe entlocken. Und von Zaubertricks ist's gar nicht so weit bis zur Magie, oder?

Den Rest des Vormittags spielte ich in meinem Zimmer Gitarre. Zwischen den Songs übte ich, mit den Karten zu zaubern. Und auch in dem Buch über den perfekten Verführer erfuhr ich eine Menge:

Wenn du zum Beispiel jemandem sagst, er solle sich eine Zahl zwischen eins und zehn denken, wählen die meisten Leute die Zahl sieben aus. Bei Zahlen zwischen eins und fünf denken die meisten an drei. Aha!

Zum Mittagessen hatte sich die ganze Familie versammelt. Obwohl Mittwoch war. Meine Mutter, die Königin der vegetarisch-ganzheitlichen Küche, wollte panierte Auberginen machen, und dafür hatten sich auch Christine und meine zwei älteren Schwestern extra freigenommen.

Bevor Lilli zum Tisch kam, hatte Mama wieder über ein paar unbezahlte Rechnungen gejammert. „Nächste Woche erfahre ich, wie viel wir dem Finanzamt fürs vorletzte Jahr nachzahlen müssen!“, sagte sie. „Aber egal wie viel – wir haben überhaupt kein Geld mehr! Wenn man uns wieder die Konten pfändet, können wir nicht mal mehr die Miete zahlen.“

„Das ist jetzt bei allen so“, sagte Mo. „Die Steuern fressen uns auf.“ Auch Mo arbeitete freiberuflich. Als Werbefachfrau oder so.

„Wir haben auch kein Geld!“, sagte Danna. Danna war die Dümmste von uns und arbeitete als Verkäuferin. Ihr Mann war vom Arbeitsamt zum Säufer umgeschult worden – zu einem hammerharten:

Als Mutter an einem Sonntagmittag eine Ente gebraten hatte, packte der besoffene Schwiegersohn eine Entenkeule, schlug damit auf seinen Teller, bis Sauerkraut durch die Küche flog, und brüllte:

„Was ist das für 'n Fressen, he?“

Meine Mutter versuchte, ihn mithilfe ihres Lieblingspendels zu hypnotisieren, aber der Schwager hatte sich das Pendel gekrallt und es auf dem Flohmarkt verkauft. Seitdem meidet er uns.

Mama hat sich von Danna eins seiner Fotos bringen lassen und versucht, seinen Alkoholismus auf die Entfernung durch Beschwörungen zu heilen. Mit mäßigem Erfolg – vor ein paar Monaten ist Danna mit 'nem blauen Auge aufgetaucht.

Papa wollte damals die Polizei rufen, doch Danna hat es ihm verboten. Daraufhin sagte meine Mutter, dass Papa ein Waschlappen sei, und dass jeder anständige Vater dem versoffenen Schwager schon längst eins auf die Fresse gehauen hätte.

Auch jetzt ließ sich mein Vater von meiner Mutter beschimpfen und lächelte nur blöde dabei. Zum Glück tauchte kurz darauf Lilli auf, und so gab's heute keinen Radau am Tisch. Mutter wollte vor ihr wohl doch nicht die arme Sau spielen.

Darüber war ich froh, denn ich war zwar auf Peinlichkeiten aus, aber diese Geldstreitereien gingen mir echt gegen den Strich. Auch, wenn Mama vielleicht recht hatte. Ohne Geld konnten wir wohl wirklich nicht leben. Sollte ich doch in den Ferien am Viktualienmarkt jobben und damit etwas zum Haushalt beisteuern? Aber dann konnte ich Lilli nicht mehr umschwärmen – also schlug ich mir die Idee gleich wieder aus dem Kopf.

Zu siebt hatten wir an unserem Mittagstisch einen Geräuschpegel wie in einer Kneipe. Alle redeten wie üblich gleichzeitig. Das war das Gute an unserer Familie: Bei uns herrschte kein Schweigegebot.

„Toll!", sagte Lilli. „Ich muss meinen Vater und meine Mutter immer ausreden lassen, bevor ich antworten darf."

„Da würde ich hier nie zu Wort kommen!", sagte ich und krallte mir das letzte Auberginenschnitzel vom Teller, bevor Christine zuschlagen konnte. „Du musst auf deine Figur achten!", rief ich ihr zu.

„Du Fettsack!", kreischte sie zurück.

„Im Ofen ist noch ein ganzes Blech davon!", rief Mutter und drehte sich wieder zu Danna um. „Trinkt dein Mann immer noch so viel?"

„Ist jetzt bei den anonymen Alkoholikern!“, sagte Danna.

„Da solltest du vielleicht auch mal hin!“, schlug meine Mutter meinem Vater vor.

„Spinnst du? Du nimmst über deine Kräutertropfen mehr Alkohol zu dir als ich!“ Aber da redete Mama schon wieder mit Danna und Mo.

Dank der Laberkulisse konnte ich ungehindert mal wieder einen von Definitivs Tipps anwenden und meinen magischen Angriff starten. Keiner würde was mitbekommen. Mama quatschte mit Danna und Danna mit Mo, Mo quatschte mit Papa und Papa mit Christine und Christine versuchte, Mama auf etwas aufmerksam zu machen.

„Glaubst du an ...“, sagte ich zu Lilli, getarnt durch die Lärmkulisse um uns herum. Und Stille! Noch bevor ich den Satz beenden konnte, hörten alle wie auf Befehl auf zu reden. Und was jetzt? Sollte ich mich hier vor der versammelten Familie als der große Verführer und Magier outen? Ach, egal! „Glaubst du an Magie?“, fragte ich Lilli in das Schweigen hinein, und allen klappten die noch vom vielen Reden offenen Münder zu.

„Wie bitte?“, fragte Lilli.

„Na, glaubst du an Magie oder nicht?“

„Eher nicht!“

„Dann denk dir einfach eine Zahl zwischen 1 und 10!“, sagte ich.

„Okay“, sagte sie.

„Sieben!“, sagte ich.

„Wahnsinn! Wie hast du das erraten?“

„Magie!“, sagte ich und lachte. Alter! Was hatte ich mir in die Hose geschissen vor lauter Angst, dass der Trick nicht funktionieren würde.

„Du bist ein Medium!“, kreischte meine Mutter. „Andi ist ein Medium!“

„Spinnst du?“

„Das kann ich auch!“, sagte mein Vater.

„Du?“, sagte Mutter. „Du kannst gar nichts!“

„Denk dir halt eine Zahl zwischen 1 und 5!“, sagte er.

„Na gut!“, sagte Mama.

„Drei!“, sagte Papa.

Mama glotzte ihn an, als sei er eine Marienerscheinung. „Ihr seid beide medial begabt!“, kreischte sie plötzlich. „Kinder! Jetzt können wir zu Hause mit dem Geist eurer Oma sprechen!“

„Oh, nein!“, dachte ich. Mein Vater dachte dasselbe. Das habe ich an seinen Augen gesehen. Wo aber hatte er den Psychotrick her? Hmmm ... Ich wollte den Gedanken gar nicht zu Ende denken.

Christine holte einen neuen Teller mit Auberginen und fing an, von Edward dem Vampir zu schwärmen. Auch sie hatte den Schinken bereits zu Ende gelesen. Keine Frau konnte Edward, dem Kotzbrocken, widerstehen.

Eine weitere Woche später waren alle Weiber in unserer Familie in Edward verknallt. Bei Christine hat's mich nicht gewundert, die las ja die *Mädchen*, der gefiel jeder Kitsch, aber sogar Mutter schwärmte für Edward. Für sie war das Buch sowieso voll realistisch. Natürlich glaubte sie an Vampire – sie selbst war ja eine Hexe!

Aber ich sollte nicht so vorauseilen. Jetzt hatten wir erst Mittwoch, den sechsten Tag seit Lillis Ankunft, und wir hockten beim Mittagessen.

Nach dem Essen fuhren die anderen zu Mo, um ihre neue Wohnung zu bewundern. „Ihr radelt zur Isar, oder?“, hatte Mama zu mir und Lilli gesagt, bevor sie verduftete. „Andi, kannst du, bitte, von unserem Biobauern frische Eier mitbringen? Der liegt ja auf dem Weg.“

Die Außentür knallte zu. Ich hockte mich zu Lilli auf das Küchensofa, legte ihr die Hand auf den Oberschenkel und sagte: „Endlich allein!“ ... Ach, Quatsch! Das hab ich mir ausgedacht, aber cool wäre es gewesen, oder?

Statt zu Lilli aufs Sofa hockte ich mich – Feigling, der ich war – an den Tisch. „Kannst du mir einen Kaffee machen?“, fragte mich Lilli.

„Klar!“, sagte ich und schmiss die Espressomaschine an.

„Mit Zucker?“, fragte Lilli.

„Äh ... Du hast den letzten schon verbraucht. Zucker gibt's bei uns normalerweise gar nicht, das weißt du doch! Fabrikzucker ist ungesund, meint Mutter!“

„Ich kann Kaffee nicht ohne Zucker trinken“, sagte Lilli. „Da dreht sich mir der Magen um.“

„Ich kann dir was von Mutters homöopathischen Pillen reinschütten“, erwiderte ich. „Vater sagt, dass da sowieso nur Zucker drin ist.“

„Das sagt mein Vater auch“, sagte Lilli. „Zucker ist Zucker. Her damit!“ Ich holte Mutters homöopathische Apotheke und schüttelte von jeder Ampulle ein paar Kügelchen in Lillis Kaffee.

Sie nahm einen Schluck und schmeckte: „Stimmt genau! Reiner Zucker!" Dann guckte sie die Luxus-Ledertasche von Mutters homöopathischen Apotheke an. „Ups! Habe ich mir Zucker für 50 Euro in den Kaffee gerührt?"

„Mit den Fahrrädern brauchen wir vielleicht eine Dreiviertelstunde nach Grünwald", warnte ich sie.

„Kein Problem!", sagte Lilli. So wusste ich endgültig, dass ich ohne diese Frau nicht leben konnte: Trotz ihres steifen Vaters war sie unkompliziert. Und sie hatte auf alles Bock! Nicht wie die Mädels in der Schule mit ihrem: „Was? So lange Fahrrad fahren? Nö! Das find ich echt langweilig!"

Die heißen Luftschwaden des Sommers ließen uns nur ans Wasser denken und so traten wir unermüdlich in die Pedale. Erst eine Ampel stoppte uns. Ich hielt an. Lilli kam neben mir zum Stehen, doch statt den Fuß abzusetzen, krallte sie ihre Hand in meine Schulter, stützte sich dran ab und blieb auf ihrem Fahrrad hocken.

Von meiner Schulter schoss eine Ladung Wonne in meinen ganzen Körper. Heißer als der Sommer! Den ganzen Tag hätte ich so stehen können, mit ihren Fingern in meiner Schulter. Ich betete die Ampel an: „Bleib rot, bitte!"

„Ich fühle mich bei euch so richtig lebendig!", sagte Lilli, als wir auf dem Fahrradweg nebeneinander weiterradelten. „Bei uns ist alles so vernünftig und normal. Schon im Kindergarten musste ich an meine Karriere denken. Mein Vater redet immer nur davon, welch große Ärztin ich mal sein werde. Ständig muss ich was lernen, schreiben, lesen, sauber und höflich sein, alle schön grüßen, alles aufräumen ... Und bei euch herrscht das reinste Chaos. Du kannst doch machen, was du willst!"

„Das stimmt schon", sagte ich. „Um meine Schulsachen haben sich meine Alten nie groß gekümmert. Mein Vater weiß ja nicht mal, dass Ferien sind. Und eine Hexe schwebt auch ständig in anderen Sphären. Dafür will mich Mutter ständig heilen und so!"

„Ist doch viel lustiger, als ‚Lilli, komm! Erzähl unseren Gästen von dem Verdauungstrakt!' – und alle: ‚Ein so kluges Mädchen! Du wirst mal sicher eine ganz große Ärztin werden!' und das schon, als ich sieben Jahre alt war! Meinen Bruder Tim hat mein Vater schon ganz verdorben. Der findet alles doof, was ihn in seiner zukünftigen Karriere nicht weiterbringt."

Ich drehte mich um und zwinkerte ihr zu: „Früher hat Tim aber mit uns gespielt."

„Du denkst ja wieder nur an diese blöden Doktorspiele!", sagte Lilli.

„Nööö ... Echt nicht!"

„Alle Jungs sind so!", sagte sie. „Ihr habt nur eure Gurken im Kopf. Das macht das Testosteron. Ist ganz normal. Du musst dich dafür echt nicht schämen. Du kannst gar nicht anders, als nur an das Eine zu denken. Ihr Jungs werdet halt von der Natur durchgeschüttelt und wir Mädchen sind da, um euch etwas Kultur beizubringen."

„Kultur?"

„Ja! Kultur! Das heißt warten lernen. Sex ist doch was Schönes, oder?"

„Klar, denke schon!", stammelte ich hervor.

„Na, dann! Warum solltest du also nicht ständig an das Eine denken? Wenn's was Schönes ist?"

„Warum wollen's dann aber die Mädchen nicht ständig haben? Wenn's so wäre, könnten wir uns ja zusammentun." Mann! War ich heute mutig!

„Weil wir Mädchen nun mal nicht ständig wie ihr Jungs an das Eine denken! Wir haben auch andere Interessen."

Aber, hey! War sie nicht grandios? Sie wusste sogar über das Testosteron Bescheid. „Haben wir uns eigentlich ... Wann haben wir uns zum ersten Mal gesehen?", fragte ich. „Ich kann mich nicht so richtig erinnern."

„Na, damals, als du uns deine Gurke gezeigt hast."

„Du hast uns doch zuerst ... was gezeigt."

„Ich habe gar nichts gezeigt", sagte Lilli.

Ach, so war das? Die Mädchen haben ein verdammt kurzes Gedächtnis, oder? Zuerst fängt sie mit der Show an, und dann will sie nichts mehr davon wissen. Aber egal! Warum sollte ich sie bloßstellen? Wichtig war nicht, was früher gewesen, sondern was jetzt war.

„Wieso hatten wir uns nicht vorher schon mal bei Oma gesehen?", fragte ich.

„Wir haben in den Staaten gelebt", sagte Lilli. „Vater hat dort an der Uni unterrichtet. Ich bin in New York geboren."

„Wahnsinn!"

„So toll war das nicht!", sagte Lilli. „Wenn ich an meine Kindheit denke, erinnere ich mich nur ans Lernen. Bis du mir deine Gurke gezeigt hast."

„Jetzt hör auf damit!"

Sie lachte und guckte über die Schulter nach hinten, ob die Straße frei war. Wir fuhren schon auf der

Landstraße hinter Taufkirchen. War ziemlich ruhig heute. Anscheinend wollte jetzt, am frühen Nachmittag, keiner im Auto hocken.

Die Hitze flimmerte über den Asphalt wie ein Hauch von Magie. Als würde dort jeden Augenblick das Glöckchen von Peter Pan erscheinen. Doch wir dampften weiter, allein auf der Bratpfanne der erhitzten Asphaltstraße.

„Ich bin froh, dass wir uns nicht als Kleinkinder gekannt haben", sagte Lilli.

„Wieso denn das?"

„Menschen, die als Babys miteinander gespielt haben, fühlen keine körperliche Anziehung zueinander."

„Hä?"

„So wehrt sich die Evolution gegen den Inzest."

Ja, Wahnsinn! Was sie nicht alles wusste! Aber ... Was hatte sie da gerade gesagt? Fand sie es gut, dass wir zueinander körperliche Zuneigung verspüren konnten? Mann, oh, Mann! Vielleicht war's gar nicht so schlecht, dass ich blöder war als sie. So musste sie neben mir keine Komplexe haben und konnte sich immer ein bisschen aufspielen. Nach dem Motto: „Ach, der Andi, der hat's nicht so mit den geistigen Tiefen!"

Und ich, husch, husch, würde währenddessen all die restlichen Tiefen erforschen. Die geistigen konnte ich ruhig ihr überlassen! „Wollen wir heute Abend ins Kino?", fragte ich. Hey! Kino! Eine geniale Idee, oder? Im Kino würde ich die erste körperliche Annäherung starten! Schulter an Schulter, Arm an Arm ... Boah, vielleicht konnte ich sie dort sogar an der Hand halten! Wenn sie schon so freizügig von körperlicher Zuneigung redete.

„Ich kann heute Abend nicht", sagte sie. „Bin mit Bobby verabredet."

„Mit Bobby?", fragte ich und war so enttäuscht, dass ich mich einfach etwas gehen lassen musste. „Mit diesem Stecher?"

„Was?" Sie bremste ab und stieg vom Fahrrad. Ich hielt auch an. „Was erzählst du da für Schwachsinn?"

„Bobby hatte doch mit jedem Mädchen der Schule schon mal was", sagte ich. Etwas unfair, das gebe ich zu.

Lilli guckte mich lange an, seufzte dann und sagte: „Du hast echt keine Ahnung, Andi, oder?"

„Wieso?"

„Ja, hast du dich nie gefragt, wieso sich Bobby so gut mit den Mädchen versteht? Warum er ständig mit Mädchen unterwegs ist?"

„Na, um sie zu poppen", sagte ich.

„Quatsch!", sagte sie. „Dann denk mal etwas nach! Denken trainiert das Gehirn. Ist gut gegen Alzheimer." Sie hockte sich wieder aufs Fahrrad. Wir traten in die Pedale. „Bobby will mir am Waldrand Fledermäuse zeigen. Ich hab noch nie welche im Freien gesehen!"

Aha! Schöne Fledermäuse! Seine eigene Fledermaus wollte ihr der Bösewicht wohl zeigen. Den krassen Batman, den steinharten! Pass nur auf, Mädchen! Wenn Bobby dir seinen Batman zeigt, dann bist du ... Dann bin ich echt am Arsch.

Fuck! Ich musste Bobby wohl doch noch mal die Fresse polieren. Warum ließ mich das Schwein nicht einfach in Ruhe? Nach dem, was er damals über meine Mutter gesagt hatte. War das nicht genug? Wollte er sich jetzt dafür rächen, dass ich ihn verprügelt hatte?

„Bobby hat erzählt, dass ihr beide mal ein Haus angezündet habt", sagte Lilli. Ich fuhr wieder neben ihr.

Trotz meines Grolls musste ich doch lachen. „Mit sechs sind wir in ein verlassenes Haus in unserer Straße eingebrochen. Die Besitzerin war kurz davor gestorben. Im Wohnzimmer war so 'ne Nische in der Wand. Ich hatte in einem Buch was über einen Kamin gelesen, also erzählte ich Bobby, dass das ein Kamin ist. Aus dem ganzen Haus haben wir Bücher und Papiere in die Nische getragen und das Zeug dann angezündet. Man hat die Feuerwehr rufen müssen und Bobbys Oma – sie lebte damals noch – hat uns in ihrem Garten zur Strafe an die Hundebude gekettet."

„Mein Gott!", sagte Lilli. „So gute Freunde wart ihr mal. Und jetzt habt ihr Stress wegen jedes Blödsinns."

„Bobby hat mal behauptet", sagte ich, „dass meine Mutter eine Lügnerin ist. Deswegen hab ich mich mit ihm geprügelt. Seitdem sind wir keine Freunde mehr."

„Ach, je!", sagte Lilli.

An der Grünwalder Brücke, unterhalb der Burg, fuhren wir runter zum Fluss. In der Nacht hatte es geregnet, der Fluss strömte und schäumte, einige Leute grillten schon auf dem Kiesstrand.

„Vielleicht waten wir auf die andere Seite", sagte ich. „Dort ist's ruhiger."

Ich versuchte, unsere Fahrräder zusammen an einen Baum zu ketten. Hin und wieder hob ich den Kopf, beglotzte frontal Lillis nackten Bauch und fummelte dabei kniend am Fahrradschloss. Lilli stand direkt über mir und roch nach Sommer. Sie hatte wieder ihre roten Chucks an, dazu einen schwarzen Minirock und ein weinrotes, bauchfreies Oberteil ohne Ärmel – zum Heulen schön! Ich guckte lieber aufs Schloss, sonst würde ich ihr gleich meine Zungenspitze in den Bauchnabel schlagen.

„Ich gehe schon voraus!", sagte sie. Leichtfüßig hüpfte sie zum Fluss. Gott sei Dank war mein Fußknöchel wieder in Ordnung. Gleich jage ich dir nach, Mädchen! Hopp, hopp!

„Uff! Endlich!" Die Fahrräder waren sicher angekettet. Ich flitzte zum Ufer. Lilli versuchte bereits, die wild strömende Isar zu durchwaten. Ihre Chucks in der Linken, mit der Rechten hielt sie das Gleichgewicht – wie eine Seiltänzerin mit Zöpfen balancierte sie auf den rutschigen Steinen im Fluss. Ja, sie tänzelte darauf, das tosende Wasser spritzte von ihren nackten Beinen ab. Und husch! Lilli rutschte aus, stand plötzlich bis zur Taille im Wasser, „aah!", und schon wurde sie vom Strom nach unten getrieben.

Gleich rappelte sie sich wieder hoch, doch nur mit einem Schuh in der Hand, der zweite Chuck trieb wie ein Feenschiff davon. „Scheiße!", rief Lilli. „Mein Schuh!"

Was konnte ich tun? Ich sprang dem Schuh nach. Andi, der Retter in der Not! Und schon sauste ich stromabwärts. Uff! Da! Jetzt hab ich dich! Ich krabbelte ans andere Kiesufer, wo Lilli schon auf mich wartete. „Danke!", sagte sie und klebte mir einen Kuss auf die Backe. Oh, Alter! Geil! Ein Kuss! Zwar nur auf die Backe, aber immerhin! Geht hier gleich ein Porno ab? Und dann bin ich keine Jungfrau mehr?

Wir zogen unsere nassen Kleider aus. Leider war Lilli auf das Abenteuer vorbereitet – sie trug eine schicke Badehose und einen Körper, der mich wieder an Gott glauben ließ. Doch auch sündige Gedanken jagten weiter durch mein Hirn, das gebe ich zu. Von ihrer Badehose guckte mich ein bunter Papagei an. Na, so was? Gurr, gurr ...

„Ist das die Grünwalder Burg?", fragte Lilli und zeigte zum Turm, der hinter der Grünwalder Brücke auf der anderen Seite über den Fluss ragte.

„Ja! Die muss ich jetzt erobern!", sagte ich, neigte mich zu Lilli, haute ihr meine Zunge zwischen die Zähne und packte ihre linke Brust ... Quatsch! Klar hab ich mir auch diese Sexattacke ausgedacht. Aber jetzt ist Schluss mit dem Unsinn!

Die geile Fledermaus und der Wannenrand des Todes

Lilli musste zurück, weil sie ja mit Bobby am Abend Fledermäuse jagen wollte. Wir wateten wieder durch den Fluss zu unseren Fahrrädern. Bevor wir los düsten, guckten wir noch von der Grünwalder Brücke ins Isartal. Was sah ich da?

Etwa hundert Meter unter uns hockte ein Paar auf der Kiesbank, ein Paar, das Augen und Münder nur füreinander hatte – zwei, die sich küssten, als gehe die Welt unter. Hätte schwören können, dass dort Harry und Bea hockten. Harry und Bea? Ja, was flüsterte er ihr ins Öhrchen? Seine dreckigen Witze etwa? Und Bea hörte ihm zu, das zarte Geschöpf?

♥

In der Putzbrunner Straße bog ich zum Aldi ein. „Muss noch die Eier besorgen!“, sagte ich zu Lilli.

„Du solltest aber biologische Eier kaufen“, sagte Lilli. „Bei einem Biobauern und nicht das Massenhühnerhaltungszeug von Aldi. Das hat deine Mutter gesagt.“

„Der Biobauer ist zu weit weg“, sagte ich und zog eine leere Bio-Eierverpackung aus dem Rucksack. „Manchmal ist die Form wichtiger als der Inhalt!“

Ich holte bei Aldi die billigsten Eier und füllte sie in meine leere Bioverpackung um. Die Aldi-Box schmiss ich weg.

„Du bist echt abgebrüht, Andi“, sagte Lilli. Vor lauter Stolz schwoll ich an wie ein Fasan beim Balzen.

Mutter, Vater und Christine waren schon zurück von der Wohnungsbesichtigung von Mo. Sie hockten im Wohnzimmer und glotzten eine Schwachsinnssoap, etwas mit einer Klinik und Doktoren in weißen Kitteln. Heutzutage stand echt alles im Zeichen der Doktorspiele. Na, ja, besser als die Schamanen, die früher herumgedoktert haben.

„Ich leg die Eier in die Küche!“, sagte ich zur Mutter.

„Ja, danke!“, sagte sie, stand von ihrem Sessel auf und packte Lilli an der Hand. „Jetzt kann ich dir zeigen, wie ein Pendel funktioniert.“

Mutter holte ihre Kugel mit dem Faden aus der Schublade und folgte uns in die Küche. Ich nahm ein Aldi-Ei aus der Biopackung, und Mutter ließ die Kugel am Faden drüber schaukeln.

„Siehst du, Mädchen, wie harmonisch das Pendel hin und her schwingt?“, fragte Mutter Lilli. „Das sind die natürlichsten und gesundesten Eier in München. Von freilaufenden Hühnern, die sich streng mit Bionahrung ernähren. Diese Eier bekommst du in keinem Geschäft."

„Nur bei Aldi!", wollte ich einwerfen, hielt mich aber zurück, weil Lilli sowieso kurz vor einem Lachanfall stand. Warum sollte ich auch noch Mama fertig machen? Ich war ja selbst schon fertig genug. Gleich würde Lilli zum Truderinger Wald radeln. Allein! Um dort 'ne krass geile Fledermaus zu treffen – die Bobbymaus! Sollte ich vielleicht die Reifen an ihrem Fahrrad durchstechen?

♥

Später am Abend unter der Dusche tauchte Lillis Körper plötzlich in meinem Kopf auf. Lilli heute – an der Isar in ihrem sparsamen Bikini. Ein Körper, der dich zu einem Testosteronspritzbrunnen macht.

Was trieb sie jetzt im Wald? Zeigte ihr Bobby dort gerade seinen haarigen Nager? Mir wurde scheiß traurig zumute. Um mich zu zerstreuen, fing ich an, mich mit meinem Pimmel zu unterhalten. Ich versuchte dabei, an etwas anderes zu denken, als an Lillis nackten Körper – echt!

Irgendwie gehörte es sich nicht, Lilli zu einer Wichsvorlage im Kopf zu machen. Aber an was sollte ich sonst denken, verdammt? Wollte ja nicht untreu sein!

Trotzdem kam mir das Wichsen mit dem Bild von Lilli im Hirn wie eine Vergewaltigung vor – sie wusste ja nichts davon. Irgendwann würde ich sie wohl fragen, ob ich sie beim Wichsen als Vorlage verwenden durfte. Bevor sie's mir aber erlaubte, mussten andere Reize her: visuelle!

Zum Beispiel konnte ich jetzt auf den Wannenrand klettern und mich bei der Tat im Spiegel von Mutters Kosmetikschrank beobachten. Da würde ich nur meinen Harten sehen und die rubbelnde Hand und konnte mir denken, dass das eine fremde Hand sei, zum Beispiel die Hand von Katja. Wahnsinn! Das wäre schon fast richtiger Sex!

Ich kletterte also auf den Badewannenrand, rubbelte dort wie ein Affe und guckte dabei in den Spiegel.

Und dann kam's endlich! Mein Gott! Ich kam! „Aaaah!" Ich spannte meine Muskeln an, als castete ich für „Deutschland sucht den Bodybuilder" und spritzte um mich wie ein Feuerwehrmann! „Huuuuh!"

Doch während der Ejakulation rutschte ich vom Wannenrand ab, versuchte mich am Kosmetikschrank zu halten, riss ihn ab, stürzte mit der Spiegelbox auf die zwei blechernen Wäscheeimer, die am Boden standen und kippte sie um.

Noch während meines Flugs hatte ich gespritzt wie ein Tier. Nun guckte ich wild um mich, wo ich den Samen gesät hatte, um die Spuren später abwischen zu können.

Leider trommelte gleich darauf meine Mutter an die Badezimmertür und brüllte: „Was ist passiert, Andi? Geht's dir gut?"

„Mir geht's super, Mama!", kreischte ich zurück.

„Mach sofort die Tür auf!"

„Bin jetzt aus der Wanne rausgekommen!", rief ich. „Muss mich abtrocknen!"

„Mach schnell! Ich will sehen, was du wieder angestellt hast!"

Scheiße, Scheiße, Scheiße! Der Ellbogen angeschlagen, die Schulter auch, sogar die Birne hatte was abgekriegt – verdammt gefährlich, das Wichsen! Ich schlüpfte in meine Klamotten, wischte die Spermaspuren mit Klopapier weg, zog die Spülung und stellte die umgekippten Wäscheeimer wieder auf.

Der vernichtete Kosmetikschrank auf dem Boden samt zersplittertem Spiegel waren nicht mehr zu retten. Ich öffnete die Tür:

Vor dem Badezimmer hatten sich inzwischen Mutter, Vater, Christine und Lilli versammelt. Na, was, Madl? Schon zurück aus dem Wald? Verdutzt guckten sie ins Bad – als hätte dort eine Bombe eingeschlagen.

Zuerst erholte sich Lilli vom Schock: „Was hast du da gemacht?", fragte sie.

„Gewichst!", sagte ich ganz cool. Ach, Qutasch! Das hab ich mir jetzt nur ausgedacht. „Ich hab mal auf dem Kosmetikschrank eine Tüte Gummibärchen versteckt!", sagte ich also, statt bei der Wahrheit zu bleiben. Die heutige Gesellschaft bringt uns zuallererst das Lügen bei. „Als ich die Gummibärchen jetzt holen wollte, rutschte ich aus ..."

„Und wo sind die Gummibärchen, du Spinner?", fragte Christine.

„Die ..."

„Die hab ich gegessen!", sagte mein Vater und lachte. Dann hat meine Mutter angefangen zu lachen, dann Christine, schließlich Lilli ... Und ich war gerettet. Musste nächstes Mal beim Wichsen aber doch aufpassen.

Mutter wurde wieder ernst und begann zu jammern. „Und der Kosmetikschrank? Gerade jetzt können wir uns wirklich keinen neuen leisten!"

„Ich hol den alten aus dem Keller", sagte Vater. Ruckzuck war er mit unserem alten Kosmetikschrank zurück und montierte ihn an der Wand.

Lilli holte ihr Handy aus der Tasche, klickte es an und hielt es mir hin. „Guck, ich hab eine große Fledermaus fotografiert."

Ich guckte hin und erwartete – noch im Banne meines Pimmelabenteuers – Bobbys riesen Ding-Dong vor die Augen zu bekommen, sah zum Glück aber nichts außer einem dunklen Handybildschirm. Vielleicht waren sie echt Fledermäusen nachgejagt. Bobby war alles zuzutrauen, dem Sack! Hätte der Batman Lilli heute klar gemacht, wäre sie wohl viel später heimgekommen. So zeigte ich der Familie samt Lilli ein paar hübsche Kartentricks, bis nur bewundernde Ohs zu hören waren.

Um 22 Uhr wollte ich mich zufrieden in mein Zimmer verziehen. „Bobby kann echt gut jonglieren!", sagte Lilli, und gleich schoss meine Laune wieder in den Keller. Bobby, der Hund, ließ also nicht locker. Das hätte mir gleich klar sein sollen. Bobby als Konkurrenten zu haben, verhieß nie was Gutes. Schon im Kindergarten hatte er jede Sache zu Ende gebracht – im Gegensatz zu mir.

Als ich damals nach unserer ersten Kippe die Blumentöpfe von Bobbys Oma vollgekotzt hatte, kotzte Bobby mit, doch trainierte er im Unterschied zu mir fleißig weiter, bis er in der 1. Klasse bereits ein Profi-Raucher war.

Na, ja, dass ich nicht rauchen gelernt habe, passte mir jetzt eigentlich gut. Wusste echt nicht, ob Lilli mit Genuss einen Aschenbecher küssen würde. Und mit einem vom Qualmen ausgetrockneten Sack kannst du wohl auch keine großen Taten vollbringen. Außer wenn du Bobby heißt vielleicht.

„Wollen wir morgen zum Steinsee radeln?", fragte ich Lilli, um etwas Abwechslung in unsere Ausflüge zum Wasser zu bringen. Steinsee, Isar, Steinsee ...

„Morgen kann ich nicht", sagte sie. „Ich hab mich mit Bobby im Zoo verabredet."

Im Zoo? Entlein, Fledermäuse, Frösche ... Ja, war Bobby jetzt Zoologe geworden, oder was? Scheiße verdammte! Sicher nicht. Eher ein Jäger, der an das Pelztier ranwollte, an den Kuschelbären. Oder rasierte sich Lilli untenrum?

Die Depression trieb mich bis in mein Zimmer. Ich packte die Gitarre und komponierte einen Trauermarsch:

Der Scheiß-auf-Bobby-Trauermarsch

Die Glocken bimmeln bimm-bamm
Ich lieg hier stramm
Bin wunderbar ausstaffiert
Schwarzer Anzug, weißes Hemd
Sauber und gecremt
In roten Rosen arrangiert

So liege ich hier allein
Langsam versteift mein Bein

Glaube mir Schatzilein, jetzt ist es echt
Ich fühl mich gar nicht schlecht

Zum Lachen gibt es gar nichts mehr
Die Flasche, die ist leer
Überall flammt Kerzenlicht
Statt weißer Mäuse stehen hier
Englein im Spalier
Delirium ist es nicht

Ich hab dich immer noch gern
Liebst du wirklich diesen Herrn
Hör auf mich Schatzilein, sei zu ihm gut
Dass er hier nicht auch bald ruht.

Boah, dein schwarzer Minirock
Auf den hab ich selbst jetzt noch Bock
Schwarz steht dir, ist mir jetzt klar
Und dass du nicht allein bist
Ist nicht mehr gar so trist
Ihr beiden seid ein prächtiges Paar

Gib mir jetzt den letzten Kuss
Weil ich dann gleich gehen muss
Glaube mir, Schatzilein
Ich hatte recht
Der Tod, der ist gar nicht so schlecht!

Pamm, pamm, pamm, pamm, pamm, pamm ...

Die Musik ist eine echte Zauberin. Sie hat mich so hochgebracht, dass mir das Lied am Ende nahezu optimistisch vorkam. Ist es auch, oder?

♥

Wichsen wollte ich heute nicht mehr. Dafür standen die Sterne gerade nicht gut. Na, ja ... So 'n krasser Wichser war ich nicht. Nur ein ganz normaler – wie jeder Junge halt mit sechzehn. Vielleicht konnte ich noch ein bisschen rumsurfen ... Aaah ... Zeit für einen Chat.

Ich stellte die Gitarre in die Ecke und schaltete den Rechner ein. „Du machst Fortschritte!“, schrieb Definitiv, als ich von Lillis Backenkuss berichtete. „Versuch das nächste Mal, etwas Porno hinzubekommen, sie zum Beispiel an der Hand zu nehmen.“

„Du hast gut reden!“, tippte ich. „Wenn ich nur dran denke, Lilli anzufassen, krieg ich Panik und komponiere Todesmärsche.“

„In a-Moll?“, fragte Definitiv. Hä? Konnte er auch Gitarre spielen?

„C-Dur!“, schrieb ich zurück.

„Dir kann nichts passieren!“, schrieb er. „Das darfst du nie vergessen. Schlimmstenfalls zieht sie ihre Hand weg.“

„Sicher zieht sie die Hand weg! Wer würde schon mit so 'ner Lusche wie mir Händchen halten?“

„Du musst etwas Selbstvertrauen gewinnen!“, tippte er. „Selbst die hübscheste Frau der Welt denkt, sie sei hässlich. Du musst vor keiner Frau haltmachen. Lerne jetzt die fünf Überzeugungen des Frauenhelden auswendig:

1. Ich bin super, lustig und immer gut für eine Überraschung.
2. Ich jammere nicht, bin immer gut drauf und habe vor nichts Angst.
3. Ich höre den Frauen zu, bin aufmerksam und interessiere mich für sie.
4. Ich streite nicht, muss keinem was beweisen.
5. Ich kann jeder Frau der Welt in die Augen gucken.

Diese Sätze musst du dir dreimal am Tag vorsagen", schrieb Definitiv weiter. „Und wenn du gut drauf bist, biete ihr eine Massage an. Darauf fahren Frauen immer ab. Du hast sie jetzt überrascht und für dich eingenommen. Jetzt musst du ihr nur noch zeigen, dass sie ohne dich nicht leben kann."

„Nichts leichter als das", tippte ich, fuhr die Kiste runter und ging pennen.

Garik, der Held

Am Donnerstag in der Früh überraschte ich Lilli nackt im Badezimmer. Weil sie vergessen hatte, sich einzuschließen. Diesmal war sie es, die auf dem Wannenrand stand. Sie guckte sich im neu aufgehängten alten Kosmetikschrank einen Pickel am Po an.

Um die Situation zu retten, und weil Lilli sowieso schon nackt auf dem Wannenrand vor mir balancierte, beherzigte ich gleich Definitivs Ratschlag und fragte: „Soll ich dir den Rücken massieren?“

Allerdings war wohl der Augenblick etwas ungünstig. Sie kreischte, formte aus ihren Händen Körbchen und stülpte sie über ihre Brüste, womit sie aber arg ihre Balance auf dem Wannenrand gefährdete. Genau wie ich gestern, kam sie ins Schaukeln, rutschte auf dem Wannenrand aus, griff im freien Fall nach dem erstbesten Halt und riss den Ersatzkosmetikschrank herunter.

Der Spiegel zersplitterte, der Schrank brach entzwei und Lilli donnerte hinterher. BUMMM! Boah! Was für eine Show! Das Mädchen war für peinliche Situationen genauso begabt wie ich! Der Hammer! Ich musste sie einfach lieben! Ja, sollte ich ihr jetzt helfen, nackt wie sie war, oder abhauen?

„Hau ab!“, kreischte sie.

Ich schlug die Tür zu und brüllte: „Entschuldigung!“ Das meinte ich aber nicht wirklich ernst. Sollte sie sich doch einschließen, wenn sie im Spiegel eines Kosmetik-Hängeschranks nach Pickeln am Arsch suchte. Von wegen Pimmelparade! Jetzt hatte ich sie auch zum zweiten Mal nackt gesehen. Nur weiter so!

Raus kam sie schon angezogen. „Der Kosmetikschrank ist hin“, sagte sie, „jetzt schickt mich deine Mutter bestimmt nach Hause.“

„Ich sag, dass ich's war“, beruhigte ich sie. „Mir kauft das hier jeder ab. Ich hüpfe doch ständig auf dem Wannenrand rum. Ich sag halt wieder, dass ich auf dem Kosmetikschrank nach meinen Gummibärchen gesucht habe.“

„Quatsch!“, sagte Lilli. „Wir fahren jetzt schnell einen neuen Kosmetikschrank kaufen. Ich habe Geld genug. Und mit Bobby bin ich erst um elf verabredet.“

„Zum Baumarkt sind's nur ein paar Stationen“, sagte ich.

Unterwegs zum Bus kam uns Vater mit seinen großen blauen Ikea-Taschen entgegen. Diesmal waren sie leer. War wohl bei der Post gewesen. Was für Pakete verschickte er denn ständig? Na, ja, Themenwechsel, wir hatten gerade andere Sorgen. Wir berichteten Vater von dem zerstörten Kosmetikschrank, und er versprach, den neuen auch aufzuhängen.

♥

Eine Busfahrt kann etwas verdammt Schönes sein. Vor allem, wenn auf dem gegenüberliegenden Sitz deine Angebetete hockt und dir bei jedem Ruck des Busses mit den nackten Knien zwischen den Beinen rumfummelt und dir so die Oberschenkel massiert. Gleich kamen feuchte Fantasien Fritz'scher Prägung über mich. Aaah! Hätte mich besser zusammenreißen sollen.

Plötzlich drückte ein ausgewachsener Ständer auf meine Hosentür und das gerade, als wir beim Baumarkt aussteigen mussten. Autsch! In leichten Sommershorts kannst du echt nichts verbergen. So sprang ich in gebückter Haltung vom Sitz und hopp, hopp aus der Bustür, das Zelt horizontal vor mir hertragend. Kurz drehte ich den Kopf um, rief:

„Ich hole den Einkaufswagen!", und hüpfte gebückt davon.

„Warte!", rief Lilli, doch keine Chance. Erst bei den Einkaufswagen ging mein Ständer flöten. Jetzt konnte ich mich wieder frontal zeigen. Ich richtete mich auf, krallte mir den Wagen und bretterte zu Lilli.

„Und was war das für eine Aktion?", fragte sie.

„Nur ein Überschuss an Energie!", antwortete ich. „Manchmal hüpfe ich stundenlang so gebückt rum. Ist besser als Joggen!" Tja, langsam musste ich mich mit meinen Sprüchen echt nicht mehr verstecken. Lilli lachte jedenfalls.

Der neue Kosmetikschrank war der Hammer. Spiegel überall! Von jetzt an würde mir die Masturbation auf dem Wannenrand noch mehr Freude bereiten.

Lilli ging in den Zoo, um sich dem Jagdhund Bobby auszuliefern. Ich half Vater, den Kosmetikschrank aufzuhängen, und rief dann bei Harry an. So wenig wie im Moment hatten wir uns sonst in den Ferien nie gesehen.

Was war da los? Warum rief er nicht selbst an? Echt nicht normal! Langsam gingen mir Harrys Derbheiten ab. Aber anstatt mich zu fragen, wie's bei mir mit dem Wichsen stehe und Ähnliches, sagte der Depp:

„Guten Morgen, Andi! Wie geht's dir?"

„He? Bist du krank?", fragte ich.

„Ich? Warum?"

„Du hast mich noch nie gefragt, wie's mir geht!"

„Wir werden langsam erwachsen und müssen neue Umgangsformen lernen."

Nicht zu fassen! „Woll'n wir uns irgendwo am See die FKKler angucken?", fragte ich. „Ich könnte mir von meinem Vater das Fernglas ausleihen." Das meinte ich zwar nicht ganz ernst, aber mit den Nacken konntest du Harry schon immer ködern.

„Das ist doch Kinderkram!", sagte Harry. „Und ich mache heute sowieso einen Ausflug mit Bea."

Da lag also der Hund begraben! Dirty Harry, der derbe Sack, war krass verliebt! Die Nackten langweilten ihn, weil Bea für ihn jetzt wohl jeden Tag einen privaten Strip hinlegte.

Verdammt! Jetzt war sogar Harry schon entjungfert! Würde ich hier mit meinem Harten allein bleiben? Mit der nackten Lilli auf dem Wannenrand war der Tag so hoffnungsvoll gestartet und dann in ein schwarzes Loch gedüst:

Mein Freund Harry kuschelte mit Bea rum, meine Freundin Lilli mit Bobby – das Problem war wohl, dass sie noch nicht wusste, dass sie meine Freundin war. Es war echt an der Zeit, es ihr zu sagen.

Frustriert holte ich mir einen runter ... Ach, Quatsch! Noch mal: Frustriert holte ich mir aus einem Spielwarenladen billige Bälle und übte Jonglieren. Was Bobby konnte, konnte ich doch auch! Und Lilli schien er mit seinen Jonglierkünsten schwer beeindruckt zu haben. Ich musste also schnell jonglieren lernen, um es Lilli beizubringen, falls sie nach einem Lehrer suchte.

Jonglieren fand ich sowieso schon immer krass cool, und ich stellte fest, dass man dazu auch keine dicken Bücher wälzen musste. Im Web gab's Anleitungen genug: Jongliertrickgrafiken, Jongliertricksimulationen, Jonglierfilme bei YouTube ...

Innerhalb von nur zwei Stunden lernte ich die Kaskade und zwei Bälle in einer Hand zu werfen. Am Anfang fielen mir die Bälle immer wieder runter. Ich musste mir also einen Trick überlegen, wie ich den Ball wieder hochbekam. Damit es so aussah, als gehöre der gefallene Ball zur Show dazu:

Ich rollte den Jonglierball mithilfe des linken Fußes auf die Zehen und den Rücken des rechten Fußes und versuchte, ihn dann wieder ins Jongliermuster hoch zu kicken. Ich bin Fußballer, verdammt, das musste doch klappen!

Und wirklich, nach einer halben Stunde gelang es mir, den Ball wieder nach oben zu kicken. Gerade schlitterten Christine und Mutter mit vollen Einkaufstüten ins Haus.

„Hurra!", brüllte ich. „Ich hab ihn hochgekriegt!"

„Da hilft nur Brom", sagte Mutter.

Christine schüttelte den Kopf. „Gegen die Pubertät gibt's kein Medikament", sagte sie. Erst da wurde mir bewusst, wie zweideutig mein Ausruf war. Verdammte Weiber! Denken nur an Sex!

Besser, ich packte meinen Fußball, fuhr nach Neuperlach zum Bolzplatz und kickte ein bisschen mit dem Tschechen und den derben Kids. Die schienen sich nicht verändert zu haben und wollten sich weiter gegenseitig ihre Mudder ficken. Das war zwar nicht ganz so, wie unserem Harry zuzuhören, aber immerhin.

♥

Wenn's in deinem Körper Säftestau gibt, solltest du zumindest den Schweiß fließen lassen. Schwitzen als Ersatzdroge. Nach Hause kam ich vom Kicken erst gegen fünf am Nachmittag. Und echt fertig! Ausgeschwitzt!

Anscheinend war der Zoo-Besuch schon vorbei. Lillis Rucksack lag mitten im Flur rum. „Hey, hey, Lilli, bist du da? Wollen wir noch schnell zum Baden radeln?"

Nichts, keine Spur von Lilli. Aha! Ihre Joggingschuhe waren wohl nicht allein laufen gegangen. Auf jeden Fall waren sie weg. Manchmal bin ich echt stolz auf meine Deduktionsgabe. Sollte ich ihr nachlaufen?

Vor lauter Vorfreude auf neue sportliche Taten schoss mir frischer Schweiß aus der Haut. Ich schlüpfte in meine kurze Adidashose, zog das T-Shirt mit der Aufschrift *Lebensretter* an und joggte Lilli nach.

Zuerst an Gariks Bude vorbei. Aber auch Garik schien heute unterwegs zu sein – seine Bude stand leer. Ich joggte also gemütlich in Richtung Wald und plötzlich: Schreie! „Hilfeee!" Scheiße! Lilli? Wurde sie von jemandem belästigt? Na, warte, du böser Strolch! Ich spurtete los, den Schreien nach.

Etwa 20 Meter vom Fußweg entfernt hockte Lilli in der Krone einer Eiche und kreischte: „Hilfe! Andi? Gott sei Dank! Pass auf! Da ist ein böser Hund!"

Unter dem Baum hockte Garik auf den Hinterpfoten und guckte Lilli etwas verdutzt zu, wie sie über ihm herumschrie. Als Garik mich erblickte, sprang er auf und begann erfreut, mit dem Schwanz zu wedeln.

Jetzt nur cool bleiben, Mann, Andi! Jetzt musst du dich endgültig unentbehrlich machen! Definitivs Ratschläge im Kopf tat ich einen Schritt auf Garik zu, hob meinen rechten Arm, bildete mit den Fingern die Gabel, richtete sie auf Gariks Augen und drehte langsam die Hand.

Heute bekam Garik das Kunststück wunderbar hin. Er drehte sich gleichzeitig mit der Handgabel, legte sich auf den Rücken und wedelte mit den Pfoten in der Luft. Aber echt! Wenn du an dich glaubst, gelingt dir alles!

Wo war nur Andi, der Versager, geblieben? Hier stand ich – der Held, der Retter in der Not! Ich bückte mich zu Garik und kraulte ihm den Bauch: „Lauf jetzt heim", flüsterte ich ihm ins Ohr. „Los!" Garik sprang auf und jagte davon.

„Mensch, Andi! Wo hast du das gelernt?" Lilli kam vom Baum runter. Etwas zerkratzt, mit einem Loch in ihrem schönen Adidasanzug.

„Das? Ach, das mach ich immer so mit bösen Hunden! Einmal hab ich sogar einen Löwen auf den Rücken gelegt. Wenn du das sehen willst, musst du das nächste Mal mit mir in den Tiergarten gehen."

War ich krass, Alter! Und dann! Ja, das gibt's doch nicht! Zuerst dachte ich, sie wolle mir nur ein Staubkörnchen von der Lippe blasen, aber sie küsste mich. Jawohl! Direkt auf den Mund! Danke, Garik, danke!

„Du hast mir das Leben gerettet, Andi", sagte sie. „Das war ein richtiges Raubtier. Hast du dir den Hund angeguckt? Riesengroß!"

„Ja, ja", sagte ich. „Hier im Wald musst du verdammt aufpassen. Hier gibt's böse Hunde!"

Mann, ich war ein echter Lebensretter geworden! Zuerst Katja, und jetzt hatte ich sogar Lilli das Leben gerettet. Zwar nur scheinbar, aber immerhin.

„Wie war's im Zoo?", fragte ich sie auf dem Heimweg. Die Zweige der Bäume neigten uns ihre grünen Blätterohren zu und lauschten. Fühlt sich so das Glück an? Klar ist das mit dem Glück so 'ne Sache. Es fällt dich an wie ein Taifun und rast gleich weiter.

„Schön war's", sagte Lilli. „Bobby ist echt charmant. Warum könnt ihr euch nicht wieder vertragen? Du solltest versuchen, ihn ein bisschen zu verstehen."

„Was soll ich bei ihm denn verstehen?"

„Na, seine ... seine Sensibilität!"

Ja, spann sie? Und was war mit meiner Sensibilität, hä? Hmmm ... Wenn Lilli sich schon um Bobbys Sensibilität kümmerte, musste sie verdammt verknallt in ihn sein. Ich bringe ihn um, das Schwein!

„Versuche, ihn zu verstehen!", sagte sie noch mal. „Er ist nun mal anders als du!"

„Wie anders?"

„Ach, Andi! Streng deine Gehirnzellen etwas an!"

Ich glotzte sie nur an. Die Frau outete sich als eine echte Intellektuelle. Was sollte ich an Bobby schon verstehen? Klar war er anders als ich – ein fieser Stecher!

Nicht mal Harry konnte meine Depression vertreiben. „Wir kicken morgen auf dem Bolzplatz gegen die Parallelklasse", simste er mich von Beas Handy aus an. „Bobby hat das organisiert." Bobby, Bobby, Bobby – dieser Scheißkerl. Ich spürte, dass der Tag der Entscheidung nahte.

Trotzdem hat Definitiv in der Nacht den Tag als positiv eingestuft. „Der Kuss war der Hammer!", schrieb er. „Du hast sie soweit!" Der Mann war mir irgendwie zu optimistisch.

Das Endspiel

Freitag! Eine Woche, seit Lilli bei uns war. Zur Feier des Tages jonglierte ich so lange im Hof, bis Lilli herauskam. „Jou, Andi! Wo hast du das denn gelernt?“

Na, der Tag fing doch vielversprechend an. Vielleicht hatte Definitiv gar nicht so unrecht. Vielleicht konnte ich Bobby doch noch in die Guter-Kumpel-von-Lilli-Ecke schieben.

♥

„Kommst du mit zum Bolzplatz?“, fragte ich Lilli am Nachmittag.

„Ich komme nach“, sagte sie. „Deine Mutter wollte mir gerade noch 'ne Akupunktur machen.“

„Was?“

„Damit ich nicht so große Probleme bei meinen Monatsblutungen habe. Und dann wollte mir deine Mutter zeigen, wo meine Chakren verlaufen.“

Ach, du Scheiße! Chakren? Meine Mutter brachte Lilli langsam auf die schiefe Bahn des Aberglaubens. Wie würden wir da wieder rauskommen?

Ich radelte allein los. Draußen hatte sich die Sonne wieder mal einen hübschen Lachanfall geleistet und überflutete uns mit ihren Strahlen. Ich war früh dran, hatte aber echt keinen Bock, zu Hause zu hocken und zu warten, bis die Mutti Lillis Akupunkturpunkte zu Ende malträtiert und ihr dann ihre Irrlehren beigebracht hatte.

Ich würde halt auf dem Bolzplatz ein bisschen mit dem Fußball jonglieren: Kick, kick ... Falsch gedacht. Am Spielfeldrand hockte Bobby. Als hätte er auf mich gewartet. Und plötzlich wirbelte ein Déjà-vu durch mein Hirn, nur war's eigentlich kein Déjà-vu, denn das, was mir jetzt durch den Kopf flitzte, habe ich echt erlebt. Vor zwei Jahren, in der Achten, mit meinem damals besten Freund Bobby.

♥

Die Story hatte echt harmlos angefangen. Wir hatten uns damals auf dem alten Flughafen in Neubiberg getroffen. Um Hockey zu spielen. Manche Jungs bastelten sich die Schläger aus den Nussbaumästen, aber Bobby und ich, wir hatten echte Profischläger.

Wie immer kam ich zu früh. Nur Bobby hockte bereits am Rande des Spielfelds. Genau wie heute. Mein bester Freund Bobby – schon seit dem Kindergarten. Doch an dem Tag wollte er nicht mal mit mir reden, guckte nur starr vor sich hin, wenn ich ihn ansprach.

Langsam kamen die anderen Jungs dazu. Bobby lehnte es ab, in meiner Mannschaft zu spielen. Echt nicht normal! Und dann haute mir der Sack beim

Spielen mit aller Kraft seinen Hockeyschläger gegen das Schienbein, obwohl ich gar nicht am Ball war.

„Spinnst du?", brüllte ich.

„Das war für deine Mutter!", brüllte Bobby. „Sie ist eine verdammte Lügnerin!"

„Waaas?" Die anderen Jungs lachten.

„Lügnerin!", kreischte er weiter und Tränen kullerten ihm die Wangen runter. „Deine Mutter ist eine Lügnerin!" Die anderen Jungs wieherten vor Lachen wie eine Herde Esel.

„Hey, Andi! Ist deine Mutti echt so 'ne Lügnerin? Hä, hä, hä!", kreischte ein kleiner Bursche.

„Sag deiner Scheißmutter", brüllte Bobby, „dass sie sich von uns fernhalten soll! Sie lügt!"

Das hat mir den Rest gegeben. Ich haute Bobby eins auf die Schnauze. Er fing an zu bluten, dann ging er auf mich los. Wir prügelten uns eine Zeit lang, die anderen Jungs spornten uns an. Irgendwann bekam ich ihn dann auf den Rücken gedreht, kniete mich auf seinen Armen, hielt die Faust hoch und kreischte:

„Nimm zurück, was du gesagt hast!"

„Lügnerin, Lügnerin!" Ich hob die Faust noch höher, wollte ihn noch mal schlagen, so wütend war ich. Plötzlich packte jemand von hinten meine Faust. Die Bullen!

Später fragte ich meine Mutter, ob sie mit Bobbys Vater einen Streit gehabt hatte, aber sie wusste von nichts. So waren damals aus den besten Freunden Bobby und Andi beste Feinde geworden.

♥

Und jetzt hockt er wieder vor mir, am Rande eines Spielfelds, und will mir was sagen. Ich würde ihn nicht noch mal schlagen, das weiß ich, aber trotzdem lasse ich mich gehen.

„Was macht deine schwule Fledermaus, Bobbyboy?", frage ich, und diesmal ist es Bobby, der mir zur Abwechslung eine runterhaut. Irgendwie erwischt mich der Typ saublöd, direkt unter der Nase, wie Old Shatterhand einen Bösewicht. Sternchen vor Augen, mir wird schlecht, ich gehe zu Boden und verliere das Bewusstsein und einige Sekunden meines Lebens. Dann rappele ich mich wieder auf und glotze Bobby an.

„Das warst du mir noch schuldig, Alter", sagte er.

„Warum der ganze Scheiß?", fragte ich. „Warum bist du damals so über meine Mutter hergezogen?"

„Sie hat beim Bäcker behauptet, dass sie meinen Vater heilen könnte. Das hat mir der Heiko aus der Bäckerei gesagt."

„Wie heilen?"

„Na, dass sie aus ihm einen Hetero machen könnte! Damals haben mein Vater und Buzzi noch nicht zusammengelebt. Ich wusste gar nicht, dass mein Vater schwul war. Und ich wollte es auch nicht wissen."

„Meine Mutter spinnt manchmal", sagte ich. „Entschuldigung!"

„Ist schon gut", sagte Bobby.

„Kannst du nicht mein Mädchen in Ruhe lassen?", fragte ich.

„Ich hab nichts mit Lilli", sagte Bobby.

„Glaube ich nicht", sagte ich.

„Kannste aber“, sagte Bobby. „Ich bin nämlich auch schwul!“

„Was?“

„Ja!“, sagte er. „Ich stehe einfach auf Jungen. Und ich stehe jetzt auch dazu! Scheiß drauf, was deine Mutter erzählt!“

„Und diese ganzen Geschichten?“, fragte ich. „Wie du mit den Mädels herumvögelst und so?“

„Das hab ich mir alles ausgedacht“, sagte Bobby. „Um vor euch Jungs Ruhe zu haben!“

„Ja, leck mich am Arsch!“, sagte ich.

♥

Zuerst kamen Harry und Bea angeradelt, dann die anderen Jungs und Mädels. Auch Lilli kam. Wir kickten, doch statt mich auf meine Füße zu konzentrieren, kurbelte ich mein Hirn durch. Ja, war ich das blöde Arschloch, oder was? Und Bobby der Held?

Zwei Jahre lang hatte er kein Wort darüber verloren. Um seinen Vater zu schützen. Und ich hatte ihn gehasst. Warum überhaupt? Weil er meine Mutter beleidigt hatte? Aber hatte er nicht allen Grund dazu?

Das Happy End, Scheiße verdammte

Am Samstag schliefen wir alle sehr lange. Erst etwa um elf trafen wir uns zum Frühstück. Gerade als der Postbote auf seinem gelben Fahrrad angeradelt kam. Meine Mutter machte den Brief vom Finanzamt auf, und das Kinn fiel ihr in die Müslischüssel.

„Ab jetzt sind wir Sozialfälle", sagte sie. „Wir müssen das Haus aufgeben. Vielleicht bekommen wir vom Wohnungsamt eine Wohnung. Wie ich's aber mit meiner Praxis mache, weiß ich nicht."

Lilli sah meine Mutter an. Ich versuchte, Mama Zeichen zu geben, damit sie unseren privaten Mist nicht hier vor Lilli ausbreitete, doch meine Mutter war von dem Amtsbrief so schockiert, dass ihr heute wohl alles scheißegal war.

„Nichts ist so heiß ...", setzte mein Vater zu einem in diesem Augenblick etwas blöden Spruch an, wurde aber von Mutter ausgebremst. Sie haute mit der Faust auf die Tischplatte.

„Sei ruhig!“, brüllte sie. „Das ist alles deine Schuld! Hättest du auch etwas zum Haushalt beigetragen, könnten wir weiterhin hier leben, Arschloch!“

Boah! Arschloch hatte sie zu ihm noch nie gesagt. Noch dazu vor anderen Leuten. Lilli hörte auf, sich das Brot zu schmieren, und beglotzte die Family-Soap mit offenem Mund.

Mein Vater kaute sein Marmeladenbrot zu Ende und guckte dabei die ganze Zeit Mutter an. Sehr ungewöhnlich. Sonst versucht er sich immer zu rechtfertigen, der Mutter Contra zu geben. Jetzt aber kaute er nur und glotzte.

Wohl hatte sie ihn ziemlich hart erwischt. Nachdem er das Brot aufgegessen hatte, wischte er sich den roten Erdbeermarmeladenmund im Schneckentempo ab, stand auf und stelzte in sein Zimmer. BUMMM! Die Tür knallte hinter ihm zu.

Und ich hatte wieder mal eine Vision: Die Tür von Papas Zimmer springt auf, Papa steht wie Rambo mit zwei dicken Knarren im Türrahmen und läuft hier Amok ...

Jesses! Die Tür von Papas Zimmer flog echt auf! Oh, Gott, oh, Gott! Würden wir jetzt in den Schlagzeilen landen? Und unsere Körper in Särgen? „Arbeitsloser Musiker dreht durch und erschießt seine ganze Familie!“ Bitte, Papa, lass Lilli in Ruhe! An die kommst du nur über meine Leiche!

Doch mein Vater hielt statt Knarren nur einen Pack Scheine in der Hand. Festen Schrittes kam er zum Tisch zurück. Wahnsinn! Er strahlte echt so viel Bedrohliches aus, dass nicht mal meine Mutter aufmuckte. Auch sie starrte unseren Vater mit offenem Mund an. Vater knallte den Pack Fünfhunderteuroscheine auf den Tisch und sagte: „Zahl uns beim Finanzamt aus, Baby, und kauf dir was Hübsches zum Anziehen! Damit wir mal wieder ordentlich ausgehen können."

Tja, nicht nur der Definitiv, auch mein Vater war ein Meister der Überraschungen. Das also hatten die Pakete zu bedeuten! Vater hatte schon seit Monaten heimlich die besten Stücke seiner Büchersammlung im Netz verkauft, seine teuren Erstausgaben, alte Drucke, bibliophile Schätze, all die Bücher, die er in den letzten zwanzig Jahren auf Flohmärkten und in Antiquariaten ausgegraben hatte.

Und weil das gut lief, hat er auch wieder angefangen, Bücher anzukaufen und sie mit Gewinn zu verkaufen. Er kannte sich mit antiquarischen Büchern ja gut aus. Und so konnte er sich als Versandantiquar auch einen großen Wunsch erfüllen: schöne Bücher kaufen!

Er jagte im Internet nach Schnäppchen, kaufte sie, erfreute sich ein paar Wochen an ihnen und schob sie mit Gewinn weiter. Und sogar seiner größten Leidenschaft konnte er jetzt ohne Krampf nachgehen – Gitarre spielen.

„Wenn du dein Hobby zum Beruf machen kannst, bist du der glücklichste Mensch der Welt", sagte er später zu mir.

Klar wusste ich nicht, was die Zukunft genau bringen würde, doch am Nachmittag hörten wir Mutter und Vater im Hof zusammen scherzen und lachen, und das war besser als alles, was wir in den letzten Jahren von ihnen gehört hatten.

Meine Mutter konnte dank Vaters Geld weiter mit ihren Engeln rumspinnen. Eine materialistisch eingestellte Idealistin, das war sie. Und heute einfach mal glücklich. Was morgen kam, wusste nur Gott, auch wenn bei uns außer meiner Mutter keiner mehr an ihn glaubte. Sie aber würde sich ihn schon irgendwie zurechtbiegen.

♥

Am Sonntag stand wieder Fußball an. Ich war ganz hergestellt und zauberte ein Tor nach dem anderem.

Am Abend hockten wir alle auf einem Haufen Baumstämme am Waldrand. Die Dunkelheit lockte wieder mal die Fledermäuse aus ihren Höhlen. Sie flatterten um unsere Köpfe herum und führten uns ihren Nachttanz vor. Wollten sie unsere Hoffnungen davonjagen? Die Hoffnungen von Bea, Harry, Bobby, mir, Katja, Lilli, dem dicken Michi und den anderen?

Der dicke Michi hatte einen Kasten Cola in den klassischen Glasflaschen angeschleppt. Der Abend lief echt vielversprechend an. Nur, was jetzt? Brach heute endlich die Nacht der Wahrheit an?

Irgendwann stand Lilli auf, drängte sich zwischen mich und Bobby und fing an, Bobby mit Infos über Fledermäuse vollzulabern. Die Viecher flatterten weiter um uns herum, als warteten sie nur auf Batman, um die letzte Schlacht gegen die Liebe zu führen.

Doch heute ließ ich mich nicht mehr beirren. Ich wusste schon, dass Fledermäuse auch arme Viecher waren – so wie wir! Also auf in den Kampf! Zuerst war Bobby auszuschalten. Schwul oder nicht schwul – irgendwie traute ich ihm immer noch nicht und so stand ich auf, ging pinkeln und drängte mich dann einfach zwischen ihn und Lilli – sicher ist sicher.

Katja wurde so zum dicken Michi weitergeschoben, er stürzte sich wie ein hungriger Wüstenhund auf sie und fing an, ihr lustige Geschichten aus seiner Kindheit zu erzählen. Katja lachte sich dabei schlapp.

„Na, jetzt ist aus Harry doch ein ganz anständiger Kerl geworden“, sagte Bobby zu Bea. „Wer hätte das gedacht?“

„Ja, aber das ist fast schon langweilig!“, sagte Bea, unser ätherischer Engel. „Wenn er hin und wieder zumindest einen derben Witz erzählen würde.“

„Halt's Maul“, sagte Harry. „Sonst fick ich deine Mudder!“

Alter! Schön war's hier am Wald! Aber was jetzt? Plötzlich flüsterte mir mein Liebesmentor Definitiv schnurlos etwas ins Öhrchen. Mann! Telepathie? „Nimm ihre Hand!“, flüsterte er. „Sie ist bereit für dich! Nimm ihre Hand!“

Verdammt! Mindestens hundert Anläufe nahm ich, um nach Lillis Hand zu greifen. Es ging nicht! Nur zittrig wurde ich von dem Stress. Meine Hand war nur noch einen Nanometer von Lillis Hand entfernt – und blieb dort hängen! Ja, war ich echt so unfähig?

Ach, Scheiß drauf! Ich packte Bobby an der Hand. Schwul war ich zwar nicht, zumindest nicht, dass ich's wüsste, aber deinen besten Freund an der Hand zu halten, kann hin und wieder auch schön sein, oder?

Und dann haben Bobby und ich angefangen, Lilli von unseren gemeinsamen Streichen zu erzählen. Wir drückten weiter die Hände, lauschten uns selbst und lachten hin und wieder.

Lillis Lachen jagte den Batman davon. Wenn das Glück einmal vom Himmel scheißt, dann dauert das länger. Irgendwann griff Lilli selbst nach meiner Hand. Und das war das Schönste, was ich in den letzten sechzehn Jahren erlebt hatte. Echt!

♥

Kurz darauf machten Lilli und ich einen Spaziergang zu dem im Mondlicht gebadeten Kieswerksee. Sauwarm war's:

Wir stehen also an der Pfütze und halten uns an den Händen. Ganz allein im Wald! Nur der Mond streift das dunkle Wasser. Und jetzt? Was machen wir jetzt, verdammt?

„Was machen wir jetzt?", frage ich Idiot also.

„Na, was wohl?", sagt Lilli, dreht sich zu mir und küsst mich. Wir umarmen uns, und plötzlich ... plötzlich fährt sie mir mit der Hand in die Hose. „Na, dann zeig mal!", flüstert sie mir ins Ohr und packt mich an der Gurke. „Jetzt ist die Zeit reif dafür!"

Und das hab ich mir echt nicht ausgedacht! Genau so war's! Ich schwör's! Glaubt's mir!

Ich will euch, Leute, gar nicht damit langweilen, was wir dort am See alles getrieben haben – mir hat's auf jeden Fall ziemlich viel Spaß gemacht. Plötzlich kam mir das Wichsen wie etwas Zweitrangiges vor, obwohl es natürlich auch seine schönen Seiten hat. Zum Beispiel wenn deine Liebste gerade einfach keine Lust hat. Vorläufig haben wir aber Lust – wir sind jung. Noch mindestens zwanzig Jahre Lust liegen vor uns.

„Hast du gewusst, dass Bobby schwul ist?“, fragte ich Lilli, während wir auf unseren Kapuzenjacken eine kleine Pause machten.

„Klar wusste ich’s“, sagte sie. „So was spürt eine Frau immer!“

„Warum hast du mir dann nichts gesagt?“

„Ich hab gedacht, du kommst von selbst drauf“, sagte sie. „Nach meinen ganzen Anspielungen. Am Ende ist das aber Bobbys Sache. So was muss er dir selbst sagen.“

„Ab jetzt möchte ich aber, dass wir alles teilen“, sagte ich und beugte mich wieder über sie. Irgendwann musst du als Mann doch etwas Action zeigen, oder?

♥

Ich weiß, das ist fast zu viel Happy End für ein Buch. Aber was soll ich sonst tun, um euch das Leben zu versüßen? Klar kann ich den Tiefsinnigen unter euch auch etwas Frust und Tragik anbieten:

Was würde ich zum Beispiel in einer Woche machen, hä? Ohne Lilli? Wenn sie zurück nach Kiel fährt und ihr Vater, der Naturwissenschaftler, entdeckt, was für eine Esoterikerin aus Lilli dank meiner Mutter geworden ist? Klar wird Lillis Vater ihr den Umgang mit unserer Familie verbieten. Mit mir! Nach dem Motto: „Ihr seid erst sechzehn und müsst das Maul halten!“ Nur sagt er „den Mund halten“, weil er halt gebildet ist.

Soll ich uns deswegen jetzt alle in Depressionen stürzen? Versuchen wir doch lieber, heute ein bisschen Spaß zu haben! Heute, hier und jetzt zu leben! Da hat meine Mutter gar nicht so Unrecht: Das Leben bietet ja hin und wieder auch etwas Freude! Sogar einem Sechzehnjährigen! Und will nichts dafür! Echt!

So, ich lasse jetzt besser die trüben Zukunftsgedanken. Eine Woche mit Lilli, und dann schauen wir weiter – aber das ist eine ganze andere Geschichte. Die aus der Zukunft, bei der wir noch gar nicht angelangt sind. Hier und jetzt leben! So weise kann meine Mutter manchmal sein. Ich liebe sie, so wie sie ist! Definitiv! Apropos Definitiv ...

Epilog
oder
Mit Definitiv ist es definitiv aus

Das Ende von Definitiv begann – so wie der Anfang von ihm – um Mitternacht. Er war ja ein echter Ghost – ein Internet-Ghost. Lilli und ich waren erst kurz vor 24 Uhr nach Hause gekommen. Ich wusch gleich meine Kapuzenjacke, die uns im Wald als Bett gedient hatte, damit meine Mutter die Spuren unserer Ausschweifungen nicht entdeckte. Lilli ging schlafen. Ich musste Definitiv aber noch unbedingt die frohe Message mitteilen und schmiss den Computer an. „Wir lieben uns!", tippte ich im Chat.

„Habe ich dir nicht gesagt, Andi", schrieb Definitiv, „dass es klappen würde?"

Und das traf mich wie 'ne Keule! Andi? Woher kannte der Typ meinen richtigen Namen? Ich war hier im Chat doch nur als Krassomir unterwegs! Meine Fresse!

So war das also! Und plötzlich wurden all die kleinen Zufälle beim Chatten mit Definitiv klar wie 'ne Glühbirne. Ich sprang auf und jagte nach unten.

Vater hockte noch am Bildschirm und wartete auf meine Antwort. Leute! Normalerweise hätte ich ihn vor Ärger enterbt, aber an diesem Tag war ich so glücklich, dass wir stattdessen bis drei Uhr in der Früh geredet haben. Das ganz private Zeug kann ich euch gar nicht verraten – ihr wisst doch selbst, wie diskret ich bin. Nur die Umstände kann ich hier etwas erklären.

„Wie hast du mich im Web überhaupt entdeckt?", fragte ich meinen Vater.

„Das war alles Zufall", sagte er. „Ich suchte auch nach Antworten. Ich wollte wissen, wie ich's mit deiner Mutter hinbiegen konnte, und so bin ich auch in einem Verführer-Chat gelandet. Als du gefragt hast, wie du Lilli erobern könntest, dachte ich mir gleich, dass du das bist."

„Wahnsinn! Ist es wirklich so leicht, eine Frau zu erobern? Warum klappt es dann bei dir selbst nicht besser?"

„Klar ist es nicht so leicht! Ich wollte aber, dass du was tust. Und nicht nur rumjammerst."

„Nicht wie du früher, oder was?"

„Ja, nicht wie ich. Aber das ist vorbei."

„Bei Lilli hat's mit der Verführungskunst geklappt", sagte ich. „Wir waren ... Ich war mit ihr heute ..." Ich hab gleich gemerkt, dass das Reden mit meinem Vater viel schwieriger war als mit Definitiv.

„Lilli ist doch nicht auf ein paar plumpe Tricks reingefallen", sagte Vater.

„Und auf was dann?"

„Na, du scharwenzelst die ganze Zeit um sie rum, gibst dir wahnsinnige Mühe, sie zu beeindrucken, lernst ihretwegen Kartentricks, sogar jonglieren! Du liest dicke Mädchenbücher, oh, Gott! Aber das Wichtigste ist – du bringst sie ständig zum Lachen. Sie mag dich halt und du magst sie. Du hast dich nur etwas anstrengen müssen, ihr zu zeigen, dass sie dich interessiere und das Wichtigste auf der ganzen Welt für dich sei. Und das hast du gemacht! Du hast ihretwegen eine ganze Armee aufgefahren! Das hat Lilli sicher schwer beeindruckt."

Ich hörte ihm mit offenem Mund zu. „Aber ... Woher weißt du das alles?", fragte ich. „Dass ich wegen Lilli Kartentricks oder Jonglieren lerne, habe ich im Chat gar nicht erzählt."

„Ach, Andi", sagte Vater. „Das weiß doch jeder hier: Mutter, Christine, ich ... Du hast ja bei deiner Eroberung voll aufgedreht."

„Du warst am Ende auch nicht gerade zimperlich, als es darum ging, Mama zu beeindrucken", sagte ich.

„Schauen wir, was die Zukunft bringt!", sagte Vater. „Aber jetzt sollten wir langsam schlafen gehen. Morgen ist sicher auch ein schöner Tag." Also ging ich pennen. Um keine Zeit mehr zu vertrödeln. Vor mir lag ja noch eine ganze Woche wunderbarer Zukunft!

Gute Nacht, Leute!